Cascade POLICIER

COLLECTION Cascade

MICHEL HONAKER

# CROISIÈRE EN MEURTRE MAJEUR

RAGEOT-ÉDITEUR

Collection dirigée par Caroline Westberg

Couverture : Nicollet
ISBN 2-7002-0029-2
ISSN 1142-8252

# APPAREILLAGE

Le Havre, 17 avril 1891

L'embarcadère était noir de monde. Il régnait cette ambiance particulière d'avant le départ, où la peine le dispute à l'allégresse, où l'on s'étreint une dernière fois avec émotion. Les amoureux s'embrassaient sous le regard indulgent des vieilles personnes. Des enfants pleuraient. Des mouchoirs s'agitaient comme autant d'ailes blanches.

Le paquebot fit retentir le son bourru de sa sirène. L'appareillage n'était qu'une question de minutes. Le *Bretagne* était bien le mastodonte décrit sur l'affiche publicitaire qui ornait l'entrée du port. Spécialement conçu pour affronter les longues traversées, il se flattait de rivaliser avec ses plus prestigieux concurrents britanniques et allemands. De fait, il avait une longueur impressionnante et l'aspect imposant d'une forteresse. Les seules cheminées étaient aussi hautes qu'une maison. Il filait quatorze nœuds, ce qui était considérable pour l'époque.

Hélas, je n'avais guère le loisir de m'attarder pour le contempler plus avant. Jouant des épaules, écrasant quelques orteils, je me frayais un chemin à travers la foule. De temps à autre, je me tournais vers ma tante avec impatience :

– Dépêchez-vous, je vous en prie, dépêchez-vous !

Tante Anselma répondait par gestes agacés, concentrant toute son attention à ne pas salir les pans de sa robe. Elle faisait de son mieux, sans aucun doute, mais j'étais convaincu qu'à cette allure, nous n'arriverions jamais à temps. Je ne sais par quel miracle nous atteignîmes l'échelle. En tout cas, nous étions parmi les derniers à monter à bord. Pour une raison inconnue, le train qui nous avait amenés de Paris avait pris du retard et nous avions dû en toute hâte nous acquitter des dernières formalités.

Pour rien au monde je n'aurais voulu rater le départ. Pensez-donc : j'avais dix-sept ans et je vivais mon premier départ en paquebot, et qui plus est en partance pour l'Amérique ! Déjà, la sonnerie invitant les visiteurs à quitter le navire retentissait.

– Sylvain ? cria ma tante. Où cours-tu ?

– Mais en haut, en haut !

Je l'écoutais à peine, si grande était ma hâte d'assister à cet instant magique où l'énorme cétacé de métal se détacherait de l'embarcadère.

– En voilà un empressement, bougonna-t-elle. Et fort inconvenant… Et si j'étais tombée dans l'escalier ? Hein ?

– Allons ma tante, je vous en prie ! Vite ! Vite !

On pourrait s'étonner de ce qu'un garçon de mon âge embarquât pour l'Amérique accompagné d'une vieille tante grincheuse à ce point préoccupée par les bonnes manières. Cela mérite en effet quelques explications.

Tante Anselma d'Entragues a toujours prétendu que les origines de sa famille remontaient au XIIIe siècle et à quelques batailles sanglantes contre l'envahisseur anglais. Mais elle a toujours eu une très haute opinion de notre généalogie, ainsi qu'une aversion tenace pour les Anglais. Aussi rien ne saurait être plus sujet à caution. Du moins je tiens pour établi que son père fit la guerre dans l'armée de Napoléon Ier, qu'il participa à la désastreuse campagne de Russie dont il revint avec une blessure qui le contraignit à se retirer sur ses terres périgourdines. Il s'attacha à les faire prospérer, racheta les domaines voisins, mettant ainsi ses descendants à l'abri du besoin.

Je suppose que ma tante rêvait pour moi d'une semblable carrière. Aussi veilla-t-elle dès mon plus jeune âge à me faire enseigner le maniement des armes, en même temps que les mathématiques et la philosophie grecque. Mes parents avaient péri dans un accident de train alors que je n'avais que six ans. À peine si je les connus et seules les photograhies me rappellent leurs visages. Ils m'avaient confié à tante Anselma avant leur départ. Tout naturellement, elle me garda et m'éleva comme son propre fils. Je lui dois tout.

Dans la famille, beaucoup la jugeaient excentrique, sans doute parce qu'elle ne s'était jamais mariée et ne cachait pas son indépendance d'esprit. C'était une femme sévère, autant d'aspect que de caractère. Sèche et voûtée, son chignon gris si serré que les épingles même semblaient devoir s'y casser, elle ne faisait aucun mystère de ce qu'elle était : une vieille aristocrate blasée. Peu encline à la tendresse et aux effusions, elle m'aimait, néanmoins. À sa façon.

Tante Anselma adorait les voyages. Elle avait sillonné le monde entier. Elle estimait que la découverte des pays étrangers était plus bénéfique pour la formation d'un jeune cerveau que bien des heures passées sur les bancs de l'université. Elle n'aimait guère « ces boîtes à remplir les têtes » ainsi qu'elle les appelait avec mépris, et où elle-même n'avait jamais mis les pieds. Elle avait ainsi épuisé à mon usage plusieurs précepteurs pour l'enseignement des matières de base, refusant que je fréquente le collège.

Notre situation familiale lui permettant d'assouvir ses goûts, elle m'entraîna dans ses incessantes pérégrinations. Elle passait la moitié de son temps à l'étranger, ce qui ne me déplaisait pas. Grâce à elle, je découvris très tôt le vaste monde et comment les hommes vivaient ailleurs. Je visitai l'Espagne, l'Italie, l'Angleterre. Mais aucun de ces souvenirs n'égalerait jamais cette traversée que je fis à bord du *Bretagne,* à destination de l'Amérique.

J'avais toujours rêvé de voir un jour New York. Le nom à lui seul me fascinait. On racontait tant de choses sur cette ville extraordinaire, qui voyait chaque jour affluer de nouveaux immigrants. Ne disait-on pas que certains immeubles dépassaient douze étages, que les tramways y supplantaient progressivement les véhicules tirés par les chevaux, et même que l'éclairage électrique avait déjà remplacé celui au gaz ! Je frémissais d'excitation et d'impatience à l'idée de voir tout cela de mes propres yeux.

En attendant, le voyage devait durer quatorze jours et six heures, et nous avions d'ores et déjà pris du retard. Sous les hourras, le monstre de métal quitta le bassin, escorté par une flottille de bâtiments de plaisance. Le temps était clair, la mer aussi plate qu'un lac. À peine avait-on l'impression d'avoir quitté la terre ferme. Le *Bretagne* semblait inébranlable.

Comme nous, la plupart des passagers s'étaient massés sur le pont pour voir s'éloigner la côte. Ma tante observait cette effervescence avec un certain dédain. Habituée des départs, elle avait hâte de mettre de l'ordre dans notre cabine. Elle était très maniaque quant à son confort. Inutile de préciser que nous voyagions en première classe, logés dans une suite luxueuse. Mon jeune esprit, plus aventureux, eût souhaité que nous nous mêlions à des gens d'une condition plus modeste. Qu'à cela ne tienne, je me promis d'explorer le bâtiment de la poupe à la proue.

– Regardez, ma tante ! Regardez en bas, comme ils semblent heureux de partir.

Ma tante jeta un coup d'œil à la foule agglutinée sur les ponts inférieurs. On riait et on chantait à tue-tête. Certains avaient même débouché des bouteilles de mousseux achetées pour l'occasion et s'aspergeaient avec. Ils semblaient si joyeux d'abandonner la vieille Europe ! La plupart partaient sans espoir ni désir de retour. Ils iraient grossir le flot des nouveaux Américains. Français, Allemands, Italiens, Espagnols, ils étaient de toutes origines sociales et se mêlaient dans une confraternité généreuse qui ne durerait peut-être que le temps d'un voyage.

– Peuh... soupira ma tante. Nous verrons s'ils seront aussi contents d'arriver.

– Je vous trouve bien sévère...

Elle me fixa de son regard intimidant.

– Mon petit, j'ai vu toutes sortes d'immigrants partir ainsi, le cœur en fête. J'en ai aussi vu revenir. Et crois-moi, le rêve ne suffit pas toujours à nourrir son homme.

Disons-le : parfois, tante Anselma se rendait parfaitement insupportable. Tout de même, elle semblait savoir de quoi elle parlait. Sur notre pont, la clientèle plus élégante semblait tout aussi exaltée par ce voyage vers l'inconnu. À l'exception d'un personnage qui retint mon attention sur-le-champ. Je n'aurais su dire pourquoi. Peut-être sa silhouette m'était-elle vaguement familière. À moins que ce ne fût le contraste qu'il offrait avec les autres passagers.

C'était un homme d'un certain âge, de haute taille, vêtu d'une pèlerine grise et d'un chapeau mou, qui se tenait à l'écart. Ses cheveux blancs coupés ras, sa barbe taillée avec soin lui donnaient l'aspect d'un professeur de faculté. Quelque chose dans le pli un peu dédaigneux de la lèvre trahissait un caractère farouche, peu enclin à la familiarité. Des cernes mauves soulignaient ses yeux d'un bleu limpide.

J'eus le sentiment qu'il pleurait. Son regard restait obstinément fixé sur la terre, réduite maintenant à une ligne brumeuse avalée peu à peu par le crépuscule. Chaque mille parcouru semblait le plonger dans des abîmes de tristesse. Était-il possible qu'un si merveilleux voyage eût été consenti à contrecœur ? J'avais peine à l'imaginer.

Tante Anselma aussi remarqua cet homme, car je la vis ajuster ses lorgnons et le considérer avec curiosité. Un bref instant, j'eus l'impression qu'elle le connaissait, car sa bouche s'arrondit sur un « O » de surprise. Mais elle ne pipa mot. À la longue, il dut se sentir épié, car il se tourna dans notre direction et aussitôt, s'éloigna.

Il n'y eut bientôt plus rien à contempler que l'immensité de l'océan. Le soleil disparut derrière l'horizon dans une gerbe de flammes. Ma tante finit par me convaincre de regagner notre cabine, laquelle était en fait composée de deux chambres contiguës. Nous défîmes nos malles, du moins celles contenant l'indispensable. Puis ma tante désirant s'accorder un peu de repos avant le dîner, je la laissai et sortis procéder à un premier examen des lieux.

Le dépliant n'avait pas menti. Le *Bretagne* offrait un luxe à peine imaginable. Escaliers de marbre, longs couloirs tapissés de miroirs, verrières décoratives semblaient réunir leur extravagance pour éblouir le passager. Les divertissements étaient nombreux. Bars, restaurants, salon de musique, bibliothèques, fumoirs, billards, rien n'avait été laissé au hasard pour meubler les longues heures de la traversée. Je découvris avec satisfaction qu'il existait même une salle de gymnastique.

En somme, c'était un véritable palais flottant.

Je retournai auprès de ma tante peu avant le dîner. Notre steward vint s'assurer que nous étions satisfaits de notre cabine, ce que nous aurions eu mauvaise grâce à nier. Il se nommait Geraldo et parlait avec un fort accent italien. C'était un jeune homme brun, aux cheveux plaqués en ailes de corbeaux, à peine plus âgé que moi. Il me fut d'emblée sympathique.

Nous fûmes conviés à nous rendre dans la salle à manger. Elle était magnifique, décorée de tapisseries anciennes et de lustres opulents. Le couvert était dressé dans la plus grande tradition. J'aurais aussi bien pu m'imaginer à Paris, dans quelque restaurant réputé, impression que renforçait l'absence totale de roulis.

Nous avions été placés à une excellente table, en compagnie d'autres passagers, selon la coutume. Cette convivialité forcée n'était pas pour plaire à ma tante, laquelle espérait sans doute prendre ses repas dans la plus stricte intimité. Néanmoins, nous fîmes ainsi la connaissance de plusieurs personnages hauts en couleur : un jeune couple d'Américains, Mr et Mrs Dowes, revenait d'un voyage de noces en Europe ; un riche oisif parisien, M. Édouard-Nicolas Buso, partait à la découverte de New York. Quant à M. Alfred Dambreuil, journaliste de son état, il devait s'acquitter d'une enquête sur la population indienne en Nouvelle-Angleterre.

Mais le plus remarquable était sans conteste Herr von Falsenberg, ancien colonel du régiment de cavalerie de Sa Majesté Guillaume I$^{er}$. Élégant, distingué, il avait une cinquantaine d'années, le cheveu rare, l'œil perçant. Il lui manquait le bras gauche, et sa manche pendait vide, détail qu'il se chargeait vite de faire oublier car c'était un homme aimable, cultivé, qui parlait un français exempt de tout reproche. Sa conversation était si passionnante que ma tante elle-même finit par se dérider et lui prêta une oreille.

Pour ma part, je me liai avec Mr et Mrs Dowes. Ils habitaient New York et rentraient chez eux après un tour d'Europe qui avait duré trois mois. Ils se firent une joie de m'enseigner quelques rudiments sur la manière de vivre de leurs compatriotes. Ils avaient un grand sens de l'humour et n'hésitaient pas à se moquer d'eux-mêmes avec beaucoup de drôlerie. De son côté, M. Buso s'entretenait avec M. Dambreuil, lequel semblait difficilement supporter son bavardage ininterrompu.

Le repas fut somme toute agréable, même si tante Anselma ne desserra les dents que pour demander du sel. Par moments, elle jetait un coup d'œil par-dessus son épaule. À une table voisine, je remarquai la présence du vieil homme taciturne. Était-ce lui que ma tante lorgnait discrètement ? Je ne pus m'empêcher de lui poser la question.

– Pour qui me prends-tu, mon garçon ? me répondit-elle. Crois-tu qu'une dame convenable espionnerait ainsi un parfait inconnu ?

– Justement, j'avais l'impression qu'il ne vous était pas entièrement inconnu.

– Voyons, que vas-tu imaginer ? Je ne l'ai jamais vu de ma vie.

Je la dévisageai avec perplexité. Elle replongea le nez dans son assiette. Le personnage dînait en compagnie d'un vieux couple dont la conversation semblait l'assommer. Il répondait par monosyllabes en regardant parfois autour de lui comme s'il cherchait une issue de secours. Parfois il allumait une cigarette, soufflait la fumée vers le plafond et, tandis qu'il la suivait des yeux, une expression lasse, presque dégoûtée, se faisait jour sur son visage.

Soudain, quelqu'un partit d'un rire bruyant. Dans l'atmosphère guindée de cette salle à manger, il attira instantanément sur lui tous les regards. C'était un jeune homme blond, vêtu à la mode, qui, mains dans les poches, considérait les convives d'un air moqueur. Il réclama d'une voix forte, dans un français exécrable, une table pour lui seul. Le maître d'hôtel lui répondit avec la plus grande courtoisie que c'était chose impossible. Aussitôt, l'étrange personnage s'esclaffa à nouveau, et se livra à toutes sortes de simagrées qui semblaient n'avoir d'autre but que de le faire remarquer.

– Quel imbécile ! ne put s'empêcher de remarquer ma tante.

– Chère madame, lança M. Buso, c'est malheureusement inévitable. J'ai remarqué lors de mes voyages que l'on tombe toujours sur ce genre d'énergumène.

À peine si M. von Falsenberg avait jeté un œil par-dessus son assiette. Pour leur part, Mr et Mrs Dowes semblaient plutôt trouver l'intermède comique. Je partageais leur point de vue. Le personnage était d'un parfait ridicule. Avec beaucoup de tact, le maître d'hôtel le plaça à l'écart, derrière une plante verte, ce qui ne l'empêcha pas d'indisposer ses voisins immédiats par des discours saugrenus.

Après dîner, ma tante se retira, me laissant libre d'aller faire un tour sur le pont. Il faisait bon. Une brise saline me fouettait le visage. C'est une sensation étrange que de naviguer la nuit. Rien n'est visible dans la clarté des fanaux hormis l'immensité noire de l'océan. À peine si le bruit des machines parvient étouffé et vous rêvez de chevaucher quelque monstre marin qui fend les flots pour une destination inconnue. Je m'abîmai dans une profonde rêverie. Je n'avais pas sommeil et nulle envie de regagner ma cabine. Se confiner entre quatre murs, alors que l'univers semblait s'ouvrir au-dehors...

Une porte claqua quelque part. Je tressaillis. Deux hommes vinrent s'accouder au bastingage, à quelque distance de moi. Ils ne remarquèrent pas ma présence, et de mon côté, je n'avais aucune raison de me manifester. Ils parlaient à voix basse. Le premier alluma une cigarette et, à la lueur du briquet, je distinguai brièvement sa figure blême et grêlée, en partie cachée par la visière de sa casquette de cuir. Il me fit une impression étrange. Ses vêtements indiquaient qu'il ne voyageait pas avec les premières. Comment était-il donc ici ? Les accès aux ponts supérieurs étaient verrouillés durant la traversée.

L'homme prêta du feu à son compagnon, plus grand, plus élégant, aussi. Ce dernier semblait lui administrer des reproches. Le ton de leur conversation s'éleva légèrement. Tout aussitôt, ils se turent. Ils avaient dû se rendre compte qu'ils n'étaient pas seuls. Instantanément, ils se séparèrent dans des directions opposées.

Je ne sais ce qui me fit noter cet épisode. La fatigue pesait sur mes paupières. Je finis par regagner ma cabine. Derrière la cloison, j'entendis ma tante ronfler et cela me fit sourire. J'essayai de me concentrer sur un livre que j'avais commencé dans le train, mais il ne tarda pas à m'échapper des mains, et je sombrai dans le sommeil du juste.

# UN CERTAIN MONSIEUR PETROVSKY

Profitant du beau temps, les promeneurs avaient envahi le pont. Les connaissances commençaient à se nouer. Les dames flânaient, ombrelles sur l'épaule, et ne négligeaient pas les brins de cour dont elles étaient l'objet.

Dans le courant de la nuit, nous avions laissé loin derrière nous les côtes irlandaises. Désormais, des centaines et des centaines de milles nous séparaient de la première terre. Toujours mobile, toujours changeante, la mer s'étendait à perte de vue, parsemée de reflets argentés. L'apparition d'une voile ou d'une virgule de fumée noire à l'horizon constituait un événement mobilisant toutes les attentions.

Pour ma part, j'observai avec une curiosité d'entomologiste cette société reconstituée par le hasard des circonstances. À cette époque, l'étude de mes contemporains me fascinait déjà. J'avais certes promis à tante

Anselma de ne pas négliger mes livres, mais en cette claire matinée de printemps, cette occupation me parut source d'un meilleur profit.

Je n'étais pas seul dans ce cas. M. Buso, le Parisien qui déjeunait à notre table, vint prendre place sur le transat voisin. Il était vêtu de blanc, et portait un canotier. Avec sa figure replète, sa moustache cirée et son air éternellement satisfait, il semblait tout droit sorti d'une opérette d'Offenbach. Il me souhaita le bonjour, et nous fîmes plus ample connaissance. J'eus droit au récit circonstancié de sa vie. Un riche mariage avec la fille d'un banquier le dispensait de travailler et lui permettait de courir le monde à sa guise. Il savait se raconter avec beaucoup de talent et d'humour, malgré sa tendance à enjoliver les choses.

Sur le coup de onze heures, le vieux bonhomme taciturne fit son apparition, tiré à quatre épingles, son chapeau incliné sur l'oreille droite. Il arpenta le pont deux ou trois fois, se retournant au passage des promeneurs, ou se penchant par-dessus le bastingage comme pour tenter d'apercevoir quelqu'un. En définitive, il s'installa sur un transat à quelques places des nôtres et resta là, les yeux fixés sur l'horizon.

– Curieux personnage, non ? observa

M. Buso. J'ai fait sa connaissance hier soir… Si l'on peut dire.

– Vraiment ?

– Il semble vous intéresser…

– À la vérité, j'ai la conviction que ma tante le connaît mais qu'elle ne veut rien m'en dire. Et moi-même, il me semble…

– Tiens donc ! J'ai eu la même impression. Aussi, je suis allé le voir. Si, si… carrément, et je lui ai demandé : « Cher monsieur, pardonnez-moi, mais ne nous serions-nous pas déjà rencontrés ? » Il m'a regardé d'un air… Je n'ai pas insisté. Mais je ne m'avoue pas vaincu. La seule chose que j'aie pu apprendre de lui, je la tiens d'un steward : c'est un Russe, oui mon cher, mais il parle à merveille notre langue.

– Il semble voyager seul.

– Et n'a pas l'air de goûter la compagnie des autres passagers.

– On dirait un aristocrate. Ses mains sont longues, et fines. Il fume énormément. Sans doute a-t-il une maladie de nerfs. Il perd ses cheveux et son œil gauche cligne parfois involontairement.

M. Buso m'examina avec stupéfaction.

– Par exemple ! Êtes-vous le détective de bord ?

Je pouffai de rire.

– Non, non. Mais je me destine à la psychologie. Et la première qualité d'un psychologue doit être sa faculté d'observation.

– Belle vocation, jeune homme. Je ne prendrai pas le risque de vous demander ce que vous avez déduit de ma personne !

Je répondis par un sourire. Mes déductions l'auraient sûrement blessé. Le Russe jeta un coup d'œil dans notre direction. Je pris le risque de le saluer. Sans savoir pourquoi, un élan de sympathie me poussait vers cet homme. Il me répondit à peine, et se mura à nouveau dans son indifférence. À l'évidence, il recherchait une solitude qui par ailleurs semblait lui peser. Après tout, s'il ne désirait communiquer avec personne, c'était son affaire.

Comble de malchance, l'énergumène qui avait déjà attiré notre attention la veille, au dîner, vint s'installer sur le siège voisin du nôtre. C'en fut fini de notre tranquillité. Sans que nous lui adressâmes le moindre regard, il entama la conversation dans un français approximatif, entaché d'un fort accent allemand.

Il dit s'appeler Helmut Werner. Tout dans son comportement trahissait une nervosité singulière. Il avait une façon de se tordre les doigts, de regarder par-dessus son épaule comme s'il redoutait quelque chose à chaque instant. Il semblait craindre de rester seul, fût-ce un moment, et sans doute était-ce la raison de sa volubilité.

Voyant que nous lui répondions à peine, M. Werner, de Cologne, se lassa et partit. Il tenta sa chance auprès du Russe, mais se heurta à un silence hostile, presque menaçant. Il devait souffrir de quelque maladie. Du moins fut-ce ma première pensée, et je l'aurais considéré avec quelque compassion s'il n'avait eu la fâcheuse idée d'importuner une vieille dame et sa pupille qui passaient à ce moment. Elles eurent beau lui manifester le plus absolu dédain, il s'incrusta de façon si déplaisante que je me crus autorisé à intervenir.

– Je crois, monsieur, lui dis-je, que vous êtes importun.

Il me toisa avec surprise puis, contre toute attente, il partit d'un éclat de rire et s'éloigna en se tenant les côtes de façon grotesque. J'en fus sidéré. Quel étrange bonhomme, en vérité ! L'idée que nous allions devoir supporter ses extravagances durant tout le voyage jeta une ombre sur la joie que je m'étais faite de cette traversée. L'incident n'était pas passé inaperçu. Je sentis que mon intervention avait obtenu l'assentiment tacite de tous les témoins. Les deux dames me remercièrent avec chaleur et poursuivirent leur chemin.

– Bravo, jeune homme ! s'exclama M. Buso quand je revins m'asseoir. Bravo ! Vous faites honneur à notre réputation, nous autres Français ! Toujours prêts à défendre l'honneur et la vertu ! Si vous n'étiez pas intervenu, je m'en serais chargé. Quel fat ! Quel impudent !

– Je crois avant tout qu'il est fou.

– Au fait, j'ignore votre nom…

– Sylvain d'Entragues.

– D'Entragues ? Un nom gascon, n'est-ce pas ? Oui, il me semble avoir connu un d'Entragues dans le temps… Où, quand, je ne m'en souviens plus, mais cela va me revenir. Ma famille…

Il baissa la voix sur le ton de la confidence :

– Ma famille est de vieille noblesse.

– Vraiment ?

– Mais pauvre, hélas ! Notre splendeur est fanée. Ah, autrefois… J'ai épousé une riche héritière, certes. Mais elle est plus pingre qu'Harpagon ! Enfin… peu importe, bredouilla-t-il. Nous nous voyons au déjeuner ? Tenez, formons une table de Français. Ces Américains, ils m'insupportent. Des malappris. Vous n'avez pas idée.

– Pourquoi pas ?

– Je crains de vous demander un petit service. Voyez-vous, je… C'est très embarrassant. Mais il se trouve que j'ai perdu les clés de ma malle-cabine. Et tout mon argent est resté dedans... Pourriez-vous me dépanner d'un billet ou deux ? Ce n'est pas de veine, hein ?

– En effet. Je suppose que le steward se fera un plaisir de faire sauter la serrure.

– Bien sûr, mais je suis absolument certain de retrouver ces clés, voyez-vous... Enfin, ça m'ennuie.

– J'aurais voulu vous aider, mais il se trouve que c'est ma tante qui garde tout mon pécule. Si vous lui demandiez, je suis bien certain...

Il pâlit. Apparemment, cette seule perspective l'effarait. Du coup, il me laissa enfin en paix. Prenant mon courage à deux mains, je me décidai à m'installer près du vieil homme en gris. Je le surpris qui me considérait avec amusement. Je fus frappé par le changement que ce sourire amenait sur son visage. Une expression espiègle, presque enfantine, avait chassé toute trace de tristesse. À coup sûr, il avait observé la scène et cela l'avait beaucoup diverti.

– Je suppose que M. Buso aura tenté de vous délester d'un billet, dit-il. N'est-il pas vrai ?

Il avait parlé en français d'une voix grave,

bien timbrée, avec un accent à peine perceptible.

– Vous le connaissez ?

– Depuis hier soir, pour mon malheur. Il est intarissable sur sa situation sociale, mais ne perd pas une occasion de demander de l'argent.

Il semblait à présent soucieux de lier conversation et parlait sur un ton enjoué. Je ne laissai pas passer cette occasion.

– Sylvain d'Entragues.

– Monsieur... Petrovsky.

– Vous êtes Russe ?

– Cent fois. Vous en doutez ?

– Votre français est si parfait...

– Je l'ai appris tout jeune. Ma gouvernante était française. Elle a senti que j'avais certaines dispositions pour les langues. Et quelques autres disciplines. Elle s'est évertuée à me faire assimiler l'italien, l'anglais, l'allemand. Aujourd'hui que je voyage beaucoup, cela m'est très utile.

– Je suis enchanté de faire votre connaissance, monsieur Petrovsky.

– Vous avez agi en galant homme, tout à l'heure. Vous êtes bien jeune pourtant. Il est réconfortant de voir que certaines vertus chevaleresques existent encore. Voyagez-vous seul ?

– Non, ma tante m'accompagne.

– Oh oh… Moi aussi, j'ai un neveu. Il a votre âge. J'aurais voulu qu'il vienne. Mais il préfère la compagnie des jeunes. C'est normal après tout. Je ne peux lui en vouloir.

M. Petrovsky coinça ses deux pouces sous son gilet, et huma la brise marine avec une sorte de délectation extatique.

– Bien sûr, bien sûr ! réfléchit-il à voix haute. Comment pourrait-il en être autrement ! Dix-neuf ans… Le bel âge ! Moi aussi, quand j'avais dix-neuf ans… C'est si loin. Je courais les salons, me pavanais devant la bonne société… Foutaises. Oui, foutaises… On se laisse si facilement dévoyer, et le temps passe si vite ! Puis la mort…

Pour souligner ses paroles, il claqua entre ses mains, comme pour happer un insecte. Un court instant, la gravité crispa de nouveau ses traits. Le coin gauche de sa bouche se retroussa sur une sorte de rictus hautain et mélancolique. Puis il eut un petit rire, qui chassa sa mimique sinistre :

– Vous devez me prendre pour un vieux fou.

– Avez-vous toujours une vue aussi pessimiste des choses ?

– Où est la joie, ici-bas ? Nulle part. Quand vous croyez tenir ce qui vous semble le bonheur, il file entre vos doigts comme du sable.

– Suis-je indiscret de vous demander la raison de votre voyage en Amérique ?

Il marqua une hésitation.

– Affaires. Je m'en serais volontiers passé.

Il ne me connaissait que depuis quelques instants, et cependant, me parlait déjà comme à une relation de longue date. Il le faisait avec une telle franchise que cela me parut presque naturel.

– Ma sœur vient de mourir. Je l'aimais beaucoup. Maudit voyage. Que n'aurais-je donné pour qu'une catastrophe se produisît en Amérique ! Mais je suis contraint de tenir mes engagements. Allons, je suis un vieux radoteur. Et vous, jeune homme ? Parlez-moi de vous.

Toute envie de solitude semblait l'avoir quitté. Il écouta avec la plus grande attention les raisons de notre voyage, et aussi mes projets futurs. Mon goût pour la psychologie le surprit.

– Pour ma part, j'ai fait mon droit, déclara-t-il. Très jeune, mes parents m'ont inscrit à l'École de Saint-Pétersbourg. Ce fut un déchirement pour moi. Je n'avais que neuf ans, vous savez, et j'étais d'un caractère hypersensible. Il est cruel de devoir se séparer de ses parents à un tel âge. C'est trop tôt, bien trop tôt. Je me souviens encore aujourd'hui de ma mère m'accompagnant à bord d'une charrette bâchée. Nous habitions Alapaev, à cent kilomètres au nord. Il faisait froid. Quand elle m'a laissé aux portes de la ville pour faire demi-tour, j'ai couru et j'ai tenté de m'accrocher aux roues. J'aurais pu aussi bien être piétiné. Mais il n'y avait rien à faire. La décision de mes parents était irrévocable. Ce jour-là, quelque chose s'est brisé en moi.

– Vous êtes avocat ?

– Hem… En quelque sorte. J'ai un temps travaillé au ministère de la Justice, en Russie. J'étais bien noté, mais cela me pesait. Je ne suis pas fait pour une vie de bureau. J'étais tellement distrait que je mangeais les formulaires. Non, non… Ne riez pas. Je vous assure, c'est la pure vérité. Tantôt ici, tantôt ailleurs, je suis fait pour aller et venir. J'aime le changement, la liberté. Pourtant nul plus que moi ne préfère rester à la maison, devant un bon feu. Je suis un paradoxe vivant.

À mesure qu'il parlait, sur un ton tour à tour jovial et mélancolique, je trouvais ce personnage d'une singularité passionnante, à la fois énigmatique et attachant. Il s'exprimait avec une élégance qui confinait parfois au maniérisme. Ce qui ne l'empêchait pas de laisser échapper de temps à autre une grossièreté dans sa langue natale. Mais il en riait aussitôt.

Tante Anselma parut surprise de nous voir ensemble.

– Eh bien, Sylvain ? Où étais-tu donc passé ?

M. Petrovsky se leva, et exécuta un baisemain dans les règles de l'art. Rien n'aurait su flatter davantage ma parente que ce témoignage de galanterie un peu suranné. Elle fondit littéralement.

– Je suis la baronne Anselma d'Entragues, rougit-elle. Je vois avec plaisir que mon garnement est en de bonnes mains.

– Charmé. M. Petrovsky, de Moscou.

Un sourire énigmatique affleura sur les lèvres de ma tante.

– Ne nous serions-nous pas déjà rencontrés ?

Le Russe eut l'air embarrassé.

– N'était-ce pas voici une dizaine d'années, poursuivit ma tante, à un bal du tsar... À Pétersbourg, au palais d'Hiver ? Juste avant ce terrible attentat...

– J'admets que ce soit possible, répondit prudemment le vieil homme. Je fréquentais parfois la cour, en ce temps-là.

Il ne fallut guère de temps avant que la conversation portât sur Saint-Pétersbourg, la cour au temps d'Alexandre II, les réceptions grandioses au palais d'Hiver dont le faste n'était égalé nulle part en Europe.

– J'ai eu le privilège d'être présentée au tsar, dit ma tante. C'était un grand homme. S'il n'y avait eu ce terrible attentat... Les terroristes lui ont lancé des bombes, n'est-ce pas ?

– Comme il partait en promenade. Ce fut une peine pour nous tous.

– Avez-vous lu le journal ? Il fait état que la police aurait récemment arrêté les membres d'un réseau entier, qui semblait préparer un attentat contre Alexandre III ? Après le père, ils s'en prennent au fils. N'est-ce pas odieux ?

– Pourquoi auraient-ils renoncé ? Ils veulent établir le chaos. Mais ils ne sont pas près de réussir, cette fois. Alexandre III est plus méfiant que son père. Il vit dans la hantise d'un attentat. Son palais à Gatchina est devenu une véritable forteresse.

– Voici quelques années que je ne suis pas retournée dans votre beau pays, regretta ma tante. La situation est-elle aussi confuse qu'on le dit ?

– Pire encore. Le tsar a une poigne de fer mais une cervelle de moineau. Une nouvelle famine se répand. Elle touche toutes les régions de la Russie... Un désastre s'annonce. Dans les campagnes, les gens tombent comme des mouches. On parle à nouveau de choléra. Le choléra ! Rendez-vous compte ! En 1891 ! Nous qui croyions en avoir terminé avec ce fléau. Les paysans ont toujours vécu dans une ignorance totale. Ils ne savent ni lire, ni écrire et quant à l'hygiène... Les docteurs leur font peur. Ils refusent de se laisser soigner au dispensaire. Dans ces conditions, le pire est à craindre. Non, vous n'aimeriez pas la Russie dans l'état où elle se trouve aujourd'hui...

– Seigneur... Je me rends compte que les journaux minimisaient la crise.

– Eh oui ! Tandis qu'à Paris, à Londres, on installe l'éclairage électrique, nos moujiks tombent d'inanition sur nos routes. Le Moyen Âge, voilà où nous en sommes !

Je sentis qu'il était profondément révolté par cet état de choses. Son expression avait pris un air farouche. Sans doute ne faisait-il pas bon attirer sur soi la colère d'un tel homme.

– Mais le tsar, que fait-il ?

M. Petrovsky ricana :

– Il achète de nouveaux uniformes à ses militaires et garde un œil sur l'Empire ottoman.

Ma tante hocha la tête.

– Un si grand pays... Comment pourrait-on le tenir dans une main d'homme ? C'est chose impossible...

Dire que nous éprouvions une sympathie croissante pour le Russe eût été en dessous de la vérité. Ma tante, d'un naturel fort peu sociable, ne tarda pas à se montrer presque familière à son égard. À tel point qu'elle l'invita à venir se joindre à nous pour le déjeuner. Cela ne causa aucune gêne car Mr et Mrs Dowes avaient rejoint des amis ailleurs. Personne n'y trouva à redire. Sa présence fut même très appréciée par nos compagnons habituels, en particulier Dambreuil, le journaliste, et l'officier allemand, lequel ne tarissait pas de questions sur la Russie et la santé du tsar. Il répondait à toutes, en faisant un effort manifeste pour réprimer l'émotion que certaines suscitaient en lui.

M. Petrovsky adorait sincèrement, viscéralement son pays. Il en parlait avec une ferveur, une tendresse touchantes. Mais il dévia bien vite la conversation sur l'Europe. Il avait aussi beaucoup voyagé. Il connaissait en particulier fort bien la France et l'Italie, et savait décrire à merveille ses multiples expériences. Après le fastueux repas, ma tante éprouva le besoin d'aller faire sa sieste. Tout naturellement, M. Petrovsky et moi poursuivîmes la conversation dans le salon de musique.

D'autres passagers s'y trouvaient, qui jouaient aux cartes, aux échecs ou encore parcouraient la presse. Dans un coin, un pianiste égrenait des mélodies discrètes, des pots-pourris d'airs à la mode. Nous parlâmes littérature. Nous évoquâmes Pouchkine, Lermontov, Ostrovsky. Il tirait sur sa cigarette sans discontinuer. Il fumait beaucoup, ainsi que l'attestaient ses doigts jaunis par la nicotine. Comme j'abordais Tolstoï, il se renfrogna :

– Je connais personnellement Tolstoï. J'aime l'écrivain, le réformateur aux idées généreuses, mais quant à l'homme lui-même...

J'ouvris de grands yeux ébahis. Quoi ? Comment ? Et cela ne le gonflait d'aucune fierté, d'aucun orgueil ? Il lui était donc si naturel de rencontrer des génies ? Je commençais à m'interroger sérieusement sur ce curieux personnage qui ne faisait pas mystère d'avoir été reçu à la cour du tsar et connaissait le grand écrivain Léon Tolstoï...

– Nous nous écrivons encore de temps en temps. La première fois que je l'ai rencontré, il m'a positivement assommé ! Il a osé m'affirmer que Mozart était dénué du moindre génie ! Depuis, je le tiens pour un grand écrivain mais un imbécile.

L'après-midi se passa à épuiser tous les sujets qui nous venaient à l'esprit. Nous ne nous séparâmes que vers cinq heures. Ma tante n'avait pas bougé de sa cabine. Je descendis m'enquérir si elle avait besoin de quelque chose. Elle me regarda par-dessus ses besicles. Elle lisait l'un de ces romans à l'eau de rose qu'elle affectionnait.

– Où diable étais-tu ?

– Dans le salon de musique, en compagnie de M. Petrovsky. Il est fascinant, ne trouvez-vous pas ? Savez-vous qu'il connaît personnellement Léon Tolstoï et même lui écrit ? Tolstoï, vous vous rendez compte ?

Tante Anselma leva les yeux au ciel.

– Il faut bien peu de choses pour étourdir une jeune cervelle. Toi aussi tu peux écrire à Tolstoï. La question est de savoir s'il te répondra...

– Mais je vous assure...

– J'ai croisé Tolstoï, autrefois. Et alors ?

– Quoi ? Vous ?

– Quel grand prodige ! Mais mon petit, sais-tu bien que je n'ai pas toujours été une vieille bonne femme ? J'ai été jeune, aussi. Et belle par-dessus le marché. J'ai été reçue dans toutes les cours d'Europe, et à celle de Russie en particulier. Là-bas, on s'enorgueillissait toujours de compter des hôtes français. Les Russes nous aiment énormément, plus que nous ne leur rendons. Figure-toi qu'il ne viendrait pas à l'idée d'un aristocrate moscovite de parler russe devant des invités. Non. Ils parlent français. Notre langue est devenue celle de leur intelligentsia.

– Alors nous devons en déduire que ce M. Petrovsky en fait partie. Il la pratique sans accent.

– C'est plus que probable. Ne t'a-t-il pas dit la raison de son voyage en Amérique ?

Je fus étonné par cet accès de curiosité, qui ne lui était guère coutumier.

– Affaires. Auriez-vous quelques vues sur lui ? la taquinai-je.

Tante Anselma haussa les épaules.

– Suis mon conseil. Comporte-toi en gentleman en présence de cet homme et évite de te montrer trop familier. Me fais-je bien comprendre ?

– Je vous le promets. Vous devriez monter sur le pont. Il fait si beau.

– Non, non. Le grand air me fatigue. Je suis bien ici.

– Vous êtes incorrigible. N'irez-vous pas prendre le thé ?

– J'ai demandé au steward qu'il me l'apporte ici. Un gentil garçon que ce Geraldo. Pour un Italien, il va sans dire.

– À votre guise…

J'allais sortir lorsqu'elle me rappela.

– Je t'adresse mes compliments pour ton attitude de ce matin.

– À quel propos ?

– Ne fais pas le modeste. Ce grossier personnage à qui tu as fait une remontrance. Les dames en question m'en ont parlé.

– Je crois… qu'il est positivement fou !

– Il a un comportement des plus bizarres. Plusieurs passagers se sont déjà plaints. Il ne cessait d'importuner tout le monde après le déjeuner, d'adresser la parole au premier passant, pour débiter des fadaises… Je suppose que le commandant a été prévenu. Comment peut-on supporter un tel énergumène pendant toute une traversée ?

Son indignation me fit sourire. Je déposai un baiser sur son front et remontai sur le pont.

# DRAME À BORD

Le vent avait tourné, l'air avait fraîchi. Le soleil déclinait lentement sur l'horizon. Je déambulai sur le pont presque désert, mains derrière le dos, lorsqu'un coup de sifflet strident retentit soudain sur la passerelle. Je vis des hommes d'équipage accourir. Poussé par je ne sais quel pressentiment, je m'élançai sur leurs talons.

Au même instant, le cri éclata :

– Un homme à la mer ! Un homme à la mer !

Je manquai heurter Geraldo, notre steward.

– Que se passe-t-il ?

– Un homme. Il s'est jeté…

Il tendait un doigt tremblant en direction de la poupe.

– Qui ?

– Il me semble… M. Werner !

Je ne pus le retenir davantage. Il semblait bouleversé. On l'eût été à moins.

Je fus parmi les premiers à regarder par-dessus bord. Sinistre détail : à l'endroit du drame, une écharpe noire était nouée et le bastingage était maculé de sang. Le navire avait stoppé les machines. Une chaloupe avait été mise à la mer. La nouvelle s'était répandue comme une traînée de poudre. Les passagers avaient envahi les coursives et scrutaient le sillage d'écume, dans l'espoir d'apercevoir quelque chose. Mais il ne subsistait plus la moindre trace du malheureux. Les flots l'avaient englouti.

Je revins sur mes pas. C'est alors que je vis la veste abandonnée au pied d'une tuyauterie, avec la lettre, épinglée en évidence. Dans la panique, personne n'y avait prêté attention. Je la ramassai. Le billet ne comportait qu'une ligne, griffonnée à la hâte. Elle était rédigée en allemand et je fus incapable de la déchiffrer. Il ne s'agissait pas d'un accident, mais selon toute vraisemblance d'un suicide. Le malheureux avait attendu que le navire ait atteint le grand large, pour être sûr que personne ne pourrait lui porter secours.

Je remis ma découverte au commandant Fraget. Il lut le billet, fronça ses sourcils broussailleux, et se tourna vers son second.

– Quelqu'un sait-il lire l'allemand ?

– Moi.

M. Petrovsky s'était avancé, le visage grave, tendu. Il chaussa les besicles qui pendaient en permanence à son gilet et déchiffra :

« Que Dieu me pardonne. Je n'ai pas voulu trahir. Dites-le aux autres. »

La consternation était générale. Des femmes défaillirent. Quant aux commentaires, ils allèrent bon train. Certains se prêtaient des dons divinatoires. Cet excentrique, ce fou... N'était-ce pas prévisible ? Il eût mieux valu l'enfermer. D'autres prétendaient maintenant bien le connaître, et prenaient grand soin à souligner son comportement bizarre depuis le départ. Aucun doute : c'était l'acte d'un déséquilibré, et ce fut la conclusion que tira le commandant de cette tragédie. M. Dambreuil, le journaliste, allait de l'un à l'autre, prenant des notes.

Je remarquai que M. Petrovsky restait seul, à l'écart, pensif. L'événement semblait l'avoir profondément affecté. Comme je m'approchais de lui, il murmura :

– De quel crime cet homme a-t-il été accusé, et quel affreux tourment a dû être le sien pour en arriver à une telle extrémité. C'est terrible. Vraiment terrible.

L'univers des marins est peuplé de légendes et de superstitions de toutes sortes. Chaque fait qui se produit à bord est interprété comme un signe du destin. Fût-ce sur le paquebot le plus moderne jamais construit, le personnel n'échappait pas à cette tradition qui remonte aux origines des premiers navigateurs. À la suite de ce drame, l'humeur générale s'assombrit. Comme par un fait exprès, le beau temps fit place à un ciel gris, menaçant, et la mer se creusa.

Le lendemain soir, alors que je m'attardais au salon de musique, M. Petrovsky arriva. Il avait les yeux rouges, les traits creusés. Nous ne nous étions pas revus depuis le drame. Il ne s'était pas présenté aux repas. Je supposai qu'il était resté reclus dans sa cabine. Cette histoire semblait l'avoir bouleversé. Il se laissa tomber sur un fauteuil voisin du mien, alluma une cigarette, et soudain, me proposa une partie d'échecs. Je ne fus que trop heureux d'accepter.

Il ne faisait pas honneur à la réputation que les Russes ont acquis à ce jeu. Il bougeait les pièces au hasard, sans la moindre logique. Je le battis facilement. Mais il était clair qu'il n'avait pas l'esprit à cela. Comme je lui en faisais la remarque, il hocha la tête. Son regard fixait un point par-dessus mon épaule. En me tournant légèrement, je ne vis rien de particulier à l'exception du splendide piano de concert, un Pleyel, je crois, que l'artiste de bord avait déserté.

– Quel beau spécimen, n'est-ce pas ? murmura-t-il.

– Vous savez en jouer ? demandai-je.

Il tressaillit :

– À peine. Je ne suis pas un très bon technicien.

– Dommage. J'aurais aimé entendre de la vraie musique. Le pianiste n'a joué que des rengaines de music-hall depuis le début de la soirée.

Je vis clairement qu'il hésitait entre le désir de s'asseoir au clavier et une certaine réticence naturelle à se produire devant du monde.

– Non. Je ne pourrais pas. Tous ces gens... Ainsi vous aimez la musique ?

– Je ne suis qu'un mélomane. Ma tante a tenté de me convertir au violon, mais je n'ai aucun talent d'exécutant.

– La musique, cher jeune homme ! s'enthousiasma-t-il. Je n'ai qu'elle au monde... Sans elle, que serais-je devenu ? Nous cherchons l'âme humaine bien loin, quand elle se trouve là, contenue tout entière dans sept petites notes... Je ne suis pas un adversaire très brillant aux échecs. Que diriez-vous d'une partie de whist ?

– Pourquoi pas ?

– Je dois l'avouer : je suis fou du whist. Mais je suis un très mauvais joueur. Si je gagne, je répugne à encaisser mes gains. Si je perds, je me mets en colère.

– Mais nous ne sommes que deux...

– Peu importe... Nous improviserons.

Fort heureusement, nous ne jouâmes pas d'argent, car il me battit à plate couture. Il manifesta une joie enfantine devant ma déconfiture.

– Cela me fait du bien, dit-il. Depuis hier, je ne cessais de penser à ce pauvre type qui s'est noyé...

– Oui... C'est tragique, en effet. Mais... Quelque chose ne vous chiffonne pas dans tout cela ?

Mon compagnon fronça les sourcils, intrigué. Je me décidai à lui livrer le fond de ma pensée.

– Avez-vous remarqué cette écharpe noire nouée au bastingage ?

– Une lubie.

– Werner ne portait pas d'écharpe. Que faisait-elle là ? Et ce sang ?

– Je n'ai pas fait attention. Mais il est fort possible qu'en sautant, ce malheureux se soit blessé.

– Admettons. Mais il y a autre chose : la veste. Elle n'a pas été retrouvée à l'endroit où l'homme a commis son geste, mais presque à trente mètres de là. Et elle n'était pas pliée, mais jetée en boule.

– Réellement, vous aiguisez ma curiosité : ces détails ont-ils de l'importance ?

– Je ne voudrais pas paraître... comment dire... Enfin, il y a eu mort d'homme, et il ne s'agit pas de se livrer à des supputations macabres, mais comme je vous l'ai dit, j'étudie la psychologie, et...

– C'est une science aujourd'hui très à la mode.

– Des études ont été faites sur le comportement des suicidaires. Elles démontrent que dans la plupart des cas, un candidat au suicide a un comportement froid et méthodique avant de passer à l'acte. Il écrit posément une lettre, ou plie soigneusement ses affaires, tout près de l'endroit où il a décidé de mettre un terme à ses jours. Dans ce cas précis, qu'avons-nous ? Une veste jetée contre un tuyau, et un billet griffonné à la hâte.

– Le seul fait que ce billet existe devrait pourtant dissiper tous vos soupçons.

– Vous avez raison, et pourtant, depuis hier, je me creuse la cervelle à me demander pourquoi tout cela me paraît si peu naturel. Pour un suicidaire, il a fort judicieusement choisi l'heure et l'endroit pour commettre son acte. À six heures, le pont est presque désert, et de plus, il a agi dans un angle mort. Mais je vous ennuie avec ces élucubrations. Ce n'est pas de très bon goût, j'en conviens.

– Nullement, nullement, mon jeune ami. Bien au contraire, c'est passionnant. Poursuivez votre raisonnement. Songez que nous avons une dizaine de jours de traversée insipide devant nous ! Insinuez-vous qu'il ne s'agirait pas d'un suicide ? Mais cette lettre, il l'a bien écrite...

– Ou quelqu'un d'autre... Qui pourrait l'affirmer ?

– Voyons ! Son attitude depuis notre départ indique pourtant clairement que c'était un malade. Vous-même l'avez admis.

– Faut-il se fier aux évidences ? Voilà un homme plutôt jeune, bien de sa personne, en apparence aisé... En y réfléchissant, je me suis rappelé l'avoir aperçu dans le train de Paris. Il est descendu en même temps que nous et il avait l'air tout à fait normal. Pourquoi ce changement brutal ?

– En mer, les gens ont parfois un comportement différent de celui qu'ils ont sur la terre ferme. Cela peut tenir à la peur de la noyade. Moi-même j'y suis sujet.

– À ce point ? Supposons un instant que cet homme n'était pas un simple d'esprit, et qu'il agissait de façon parfaitement délibérée…

– Dans quel but ?

– Il semblait n'avoir qu'un désir : se faire remarquer. La question est de savoir pourquoi. Espérait-il concentrer sur lui l'attention de tous… pour se protéger de quelque danger ?

– Je ne vous suis pas. Mais continuez, c'est réellement distrayant. Et aussi très effrayant…

– Si j'avais su ma personne menacée d'une façon ou d'une autre, j'aurais agi de la même façon. Je me serais arrangé pour ne jamais rester seul un instant et pour que les gens ne me quittent pas des yeux. Jouer au fou, importuner le monde, voilà la solution. Mes ennemis n'auraient su trouver le moment où agir.

– Il se serait fait des ennemis en un laps de temps si court ?

– À moins qu'il n'ait retrouvé de vieilles connaissances…

– Si tel était le cas, pourquoi n'avoir pas prévenu les autorités de bord ?

– Peut-être ne le pouvait-il pas ? Peut-être s'agit-il d'un règlement de comptes entre escrocs ou Dieu sait qui…

M. Petrovsky oscillait entre le rire et l'effroi.

– Mais ce que vous dites est terrifiant ! Cet homme aurait été assassiné ?

– Je n'en ai pas la preuve, mais... Pourquoi pas ?

– Et selon vous, mon jeune ami, comment cela se serait-il passé ?

– À vrai dire... Je n'en sais rien. Werner était Allemand. Il se promenait fréquemment sur le pont, saisissait toute occasion de se rendre insupportable auprès des autres passagers. Il s'est jeté à la mer après avoir roulé sa veste en boule et laissé une lettre. Voilà tout ce que nous savons. Si nous pouvions jeter un coup d'œil dans sa cabine... Je veux dire, dans ses affaires... Cela nous permettrait peut-être de découvrir des indices ?

J'appréhendais quelque reproche de la part de mon compagnon. Mais non : il applaudit à ma proposition.

– Bravo ! Avez-vous une idée de la façon dont nous allons procéder ?

– Nous ?

Ses yeux brillaient d'excitation. J'étais pris à mon propre piège.

– Écoutez, j'ai sans doute été trop loin. Je me suis peut-être laissé abuser par mon imagination. Ce serait vraiment trop ridicule, et sinistre si…

– Quand bien même vous auriez faux sur toute la ligne, il y a dans votre raisonnement des éléments réellement troublants. Vous m'avez passionné. Acceptez-moi comme assistant dans votre enquête.

J'étais un peu surpris de l'enthousiasme que j'avais déclenché chez mon interlocuteur. Néanmoins, je n'avais aucune raison de refuser.

– Marché conclu. Mais je suppose que nous ne serons pas autorisés à pénétrer dans la cabine.

– Vraiment ? Vous pensez ? Nous allons voir…

Il appela un steward et lui murmura quelques mots à l'oreille. Celui-ci ouvrit tout grands les yeux et partit au trot. Quelques instants plus tard, quelle ne fut pas ma surprise de voir le commandant Fraget apparaître en personne. Il daignait rarement se mêler aux passagers. La plupart du temps, il demeurait au poste de commande, y prenant même ses repas. Il salua mon compagnon avec déférence, ce qui était surprenant de la part de cet homme d'un naturel peu commode.

– Faites-vous un bon voyage, monsieur Petrovsky ?

– Tout va pour le mieux. Mais le drame d'hier m'a secoué. Il se trouve que j'avais sympathisé avec ce M. Werner. Pauvre bougre. Il m'avait emprunté un livre et je vous serais reconnaissant si vous pouviez me faire ouvrir sa cabine afin que je puisse le récupérer.

– Eh bien... C'est que...

– N'y voyez aucune curiosité malsaine de ma part.

– L'idée ne m'en a pas effleuré un seul instant, monsieur Petrovsky. Donnez-moi le titre de l'ouvrage et j'enverrai vous le chercher...

– Justement... Enfin... Je souhaiterais le récupérer moi-même. Bien entendu, un de vos hommes d'équipage m'accompagnera, si vous l'estimez nécessaire.

– Bien. Vous savez que je n'ai rien à vous refuser. Vous n'aurez qu'à demander demain matin au steward. Il vous ouvrira.

– Je vous remercie infiniment.

Sur ce, le commandant nous salua et se retira. J'étais sidéré. Voilà un homme qui avait parlé au grand Tolstoï, qui n'avait qu'à faire un signe pour que le commandant lui-même accourût, et...

– Vous voyez, ce n'était pas si difficile, dans le fond, dit-il en tirant négligemment sur sa cigarette. Ainsi vous serez à même de mener votre enquête. Je serais curieux de savoir si votre théorie tient debout.

J'étais coincé. M. Petrovsky avait pris mes soupçons très au sérieux. Il s'avança vers moi d'un air mystérieux :

– Venez, nous allons établir notre plan de bataille autour d'un bon cognac !

– Hem ! Du cognac ? Je n'ai pas l'habitude de... Ma tante ne verrait pas ça d'un bon œil...

– Votre tante, oui, c'est vrai. Une dame charmante, très... Comment dites-vous déjà ? Vieille France. Moi, je suis très... vieille Russie. Comme tel, j'ai un penchant pour l'alcool. D'ailleurs, le cognac, ce n'est pas vraiment de l'alcool. C'est le nectar des honnêtes gens.

Sa cabine était encore plus spacieuse que la nôtre, et plus luxueuse si cela était possible. Elle était encombrée de malles. Sur une table s'amoncelait du papier musique en partie griffonné au crayon.

– Vous composez ?

– Non... Rien. Des bêtises. Ne faites pas attention au désordre. J'ai encore un peu de mal à trouver une place pour chaque chose.

Sur un guéridon trônait une photo de famille. Je supposai qu'elle avait été prise en Russie, car en arrière-plan se devinait l'immensité de champs de blé et une maison de style ukrainien. Mon compagnon tenait par les épaules une jeune femme qui lui ressemblait beaucoup, que je supposais être la sœur défunte dont il m'avait parlé. Près d'eux se tenait un homme plus petit, plus jeune, et enfin un enfant d'une dizaine d'années.

– C'est une vieille photo, commenta M. Petrovsky qui avait dû suivre mon regard. Ma sœur Sacha, qui vient de décéder, mon frère Modest, et mon cher neveu Vladimir, que tout le monde appelle Bob. Ce n'était qu'un petit garçon, alors. Aujourd'hui, c'est un bel adolescent. Il est toute ma vie, tout mon espoir en ce monde. Je n'ai pas d'enfants.

– N'êtes-vous pas marié ?

Il se raidit imperceptiblement.

– Si l'on peut appeler cela un mariage... Ma femme et moi vivons séparés. Elle est... malade.

Il fit un geste explicite vers son front.

– Je suis navré.

– Oh, c'est la fatalité. Je crois beaucoup au destin. Et vous ?

– Le destin ? Je ne sais pas. Je n'ai pas d'idée précise sur la question...

– Mon jeune ami, le destin n'est pas un théorème. C'est une force puissante qui gouverne la vie des hommes, un peu comme les courants et les vents qui contraignent ce navire à modifier sa route. Et toute son existence durant, l'homme le combat pour maintenir son cap. C'est un combat terrible, inégal, cruel, au bout duquel, en fin de compte… Avez-vous déjà observé les saumons qui remontent le cours d'une rivière, poussés par on ne sait quel instinct ? Nous sommes pareils à eux. Nous remontons un courant contraire, poussés par le désir de connaître la fin de la route. Absurde. Totalement absurde.

Il versa une rasade de cognac dans deux timbales en argent et m'en tendit une.

– *Prosit !*

L'alcool était fort et brûlait les lèvres. Mon attention se fixa soudain sur l'une des malles. Elle portait trois initiales. Une révélation se fit soudain jour en moi.

– Vous allez trouver ma question fort peu courtoise, mais… je ne crois pas que vous vous appeliez réellement Petrovsky.

Il tressaillit violemment et je m'en voulus d'avoir laissé une fois de plus libre cours à mon goût inné pour la provocation.

– Vraiment ? Et qui suis-je, mon jeune ami ?

– Ces initiales sur ces bagages : P.I.T. Que signifient-elles ?

Il me fixa sans mot dire, but une rasade puis claqua la langue.

– Vous feriez un fameux détective ! admit-il. Exact. Je ne m'appelle pas Petrovsky. Et ces initiales sont les miennes : Piotr Illytch Tchaïkovsky.

Je restai bouche bée.

– Quoi ? Le grand compositeur ? Vous… vous êtes Tchaïkovsky ?

Soudain, je compris pourquoi l'homme m'avait paru familier la première fois. Trois ans plus tôt, durant l'un de nos séjours à Paris avec ma tante, nous avions assisté à l'un de ses concerts. Au pupitre de l'orchestre Colonne, il avait dirigé son ouverture *Roméo et Juliette* ainsi que sa dernière symphonie, la *Cinquième*. Ce souvenir m'avait marqué car sa musique m'avait bouleversé.

– Je… je suis confus. Vous avez dû me prendre pour un idiot, je…

– Nullement, mon garçon, nullement. Petrovsky est le nom d'emprunt que j'utilise durant mes voyages, afin de n'être pas importuné. Qu'est-ce que cela change ?

– Presque rien, sauf que… vous avez écouté avec une telle patience toutes mes théories ! C'était farfelu, j'en conviens. Je suis vraiment confus.

Il eut un petit rire.

– Allons, remettez-vous ! Buvez ! J'aime être entouré de jeunes gens. Mon neveu Bob a une multitude d'amis qui sont aussi les miens. J'ignore si votre tante m'a percé à jour. Peut-être en effet nous sommes-nous rencontrés à Saint-Pétersbourg voici une dizaine d'années. Ne me trahissez pas. Seul le commandant et une partie de l'équipage sont au courant. J'aime voyager incognito. Si ma véritable identité était révélée, je n'aurais plus une seconde de tranquillité. Si vous avez deux sous de célébrité, les gens vous considèrent différemment. Ceux qui vous étaient sympathiques deviennent lénifiants et ceux qui vous exaspéraient deviennent carrément odieux.

Il semblait avoir une longue expérience sur ce point. Je m'efforçai de conserver mon naturel. Mais c'était chose difficile. Se trouver à dix-sept ans face à l'un des plus grands génies musicaux de son temps…

Le nom de Tchaïkovsky était célèbre dans le monde entier. En moins de quinze ans, il était devenu le plus grand compositeur russe de tous les temps, et le plus important de son époque. Seul Brahms lui faisait quelque ombre dans le domaine de la symphonie. Il était reconnu comme le dernier grand compositeur romantique vivant, dans la lignée de Mendelssohn,

Chopin, ou Schumann. Sa musique passionnée, d'une douloureuse intensité, savait susciter une communion unique avec le public. Dans ses mélodies déchirantes, ses fanfares implacables, chacun pouvait retrouver trace de ses propres misères, de ses propres angoisses.

Les journaux décrivaient l'homme comme un misanthrope distant, au caractère ombrageux, jaloux de sa vie privée. Et j'avais découvert un compagnon bon, chaleureux, enclin à la conversation. Il n'aimait pas les imbéciles, ni les fâcheux, goût partagé par nombre d'hommes de bon sens, et s'il cultivait une certaine méfiance à l'égard des inconnus, elle était parfaitement justifiée par le nombre de sollicitations dont il devait faire l'objet. Mais il était faux de dire qu'il n'appréciait pas la compagnie d'autrui. Bien au contraire, et j'en avais fait l'expérience, il pouvait se lier avec une étonnante facilité. Il n'était pas de ces célébrités qui campent sur leur piédestal.

– En somme, quelle est la vraie raison de votre voyage en Amérique ?

– Je pars en tournée. En tant que chef d'orchestre je dois inaugurer la nouvelle salle de concert de New York. Je suis invité par un certain Andrew Carnegie. Puis je me rendrai à Boston, Washington et Philadelphie. Il paraît que j'ai beaucoup d'admirateurs en Amérique. Mes œuvres y sont jouées plus que partout ailleurs. Ce qu'ils ignorent, c'est le mauvais chef d'orchestre que je suis. Mais quant à ma carrière de fonctionnaire, je n'ai pas menti. J'aurais fort bien pu devenir avocat. D'ailleurs, nombre de mes anciens condisciples le sont, aujourd'hui.

– Mais, maître, vous...

– Ta-ta. Pas de maître entre nous. En Russie, nous nous appelons par nos prénoms. Piotr Illytch, en français, cela signifie Pierre, fils d'Illya. Mon père se nommait ainsi : Illya. C'était un brave homme, un ingénieur des mines. Je l'adorais.

– Piotr Illytch ?

– C'est cela. Ce cognac est réellement excellent. Je ne voyage jamais sans mes bouteilles personnelles. C'est mon éditeur qui me les offre, Jurgenson. Un ami. Pas assez déboutonné parfois. Mais c'est un éditeur. Nous sommes amis depuis des lustres. Avez-vous jamais visité Pétersbourg ?

– Non, pas encore.

– Vous avez eu raison. La mentalité y est exécrable. Pour ma part, je vis à la campagne, dans une petite ville au nord de Moscou, qui s'appelle Klin. Là-bas, les gens ont gardé des mœurs simples. Hélas, nous sommes envahis par les citadins le dimanche. Mais en semaine c'est vivable, oui, très vivable.

Il débarrassa un fauteuil de tout un fatras et m'invita à m'asseoir. Peu à peu, je me détendis. Piotr Illytch Tchaïkovsky et moi passâmes ensemble le reste de la soirée jusqu'à une heure fort avancée. Il me parla de sa maison, une grande et belle datcha entourée d'un parc d'arbres centenaires. Il évoqua son goût pour les vergers et les fleurs. Il aimait tailler les rosiers, et fabriquait même des essences de parfum. Il me détailla son emploi du temps de la journée avec une bonne dose d'humour.

– Je me lève vers sept heures. Je fume quelques cigarettes pour me mettre en jambes. Puis je descends taquiner ma cuisinière qui est plus matinale encore que moi. Mon valet m'apporte mon café et je commence à griffonner quelques notes, quand j'ai de l'inspiration, ce qui n'est pas toujours le cas. J'en profite pour tailler des crayons. Le crayon est l'arme du créateur. Il ne doit jamais lui faire défaut. Si décidément ça ne vient pas, je me mets à mon courrier. Je reçois un nombre considérable de lettres. Je réponds à chacune. Longuement. Cela me prend tout mon temps. J'ai la plume plus facile que le crayon. Après le déjeuner, je sors me promener à travers bois. Je reviens vers les cinq heures, et là je compose vraiment, jusque tard dans la nuit si c'est nécessaire. Mais justement, je crois que je vous retiens plus que de convenable. Votre tante doit se demander où vous êtes passé.

– Non, du tout, mentis-je. Elle a l'habitude.

Il me fixa d'un regard aigu, terriblement pénétrant.

– Allons, jeune homme. Pas d'histoires. Le mensonge est comme une fausse pièce : il vous revient toujours dans la poche. Allez dormir.

Il ajouta avec un clin d'œil :

– N'oubliez pas que demain, nous devons poursuivre notre enquête. J'ignore si nous trouverons de quoi étayer vos théories. Mais certains détails de cette affaire sont effectivement fort troublants.

Je me rendis de bonne grâce à son conseil. Mais une fois de retour dans ma cabine, j'eus bien du mal à trouver le sommeil. Les événements de la journée m'avaient impressionné plus que je ne l'avais pensé.

Pourtant, le cognac finit par faire son effet.

# LE TEMPS SE GÂTE

À peine la porte ouverte, Geraldo ne put retenir une exclamation. La cabine de Werner était sens dessus dessous, le sol jonché de vêtements et de papiers, le matelas de la couchette éventré. Le steward fit mine de tourner les talons.

– Un instant, je vous prie, l'arrêta Tchaïkovsky. Où courez-vous ainsi ?

– Mais il faut prévenir le commandant, monsieur…

– Fort bien. Inutile de refermer. Mon jeune ami et moi restons ici pour monter la garde.

Geraldo eut une hésitation :

– En la circonstance, je ne sais si…

– Douteriez-vous de mon honnêteté, jeune homme ?

Le regard du Russe se fit perçant.

– Non… Non monsieur Tch… Petrovsky.

Dès qu'il eut le dos tourné, le compositeur me fit un signe et nous entreprîmes de passer la pièce au peigne fin. C'était très excitant. Mon cœur battait plus fort à l'idée que nous soyons surpris. Avec méthode, je recensais les objets renversés et le contenu des tiroirs ouverts, sans découvrir le moindre indice. Werner ne s'était pas encombré d'effets inutiles.

– Qu'en pensez-vous, mon jeune ami ? interrogea Piotr Illytch.

– Quelqu'un est passé avant nous.

– Peut-être un simple cambrioleur ?

– Cela se pourrait... Mais il n'y a aucune trace d'effraction sur la porte. On aura ouvert avec un passe.

– Quelqu'un de l'équipage ?

– Peut-être... Néanmoins, si nous admettons la théorie que Werner a été poussé par-dessus bord, il se pourrait que son ou ses assassins aient voulu s'assurer qu'il ne détenait aucun papier compromettant susceptible de les identifier.

– Fort juste, en effet, approuva le compositeur en inspectant un secrétaire.

Là encore, il n'y avait rien : aucun papier, aucun objet digne d'intérêt. Nous désespérions de nous mettre quelque chose sous la dent, lorsque je vis mon compagnon promener sa main dans le fond du meuble. Un léger déclic se fit entendre.

– Regardez plutôt ! exulta-t-il.

Il avait mis à jour un compartiment secret, qui selon toute vraisemblance avait échappé aux investigations du cambrioleur.

– Fantastique ! m'écriai-je. Comment avez-vous su ?

– Facture anglaise. Ils comportent quelquefois un tiroir invisible actionné par un ressort, destiné à conserver les lettres intimes ou les valeurs. Voyons, qu'avons-nous là-dedans ? Oh oh !

Il venait de mettre la main sur un revolver.

– Eh bien ! Voilà qui fait froid dans le dos !

– La confirmation qu'il redoutait une menace.

Sous l'arme se trouvait un livre relié, un recueil de nouvelles de Pouchkine, écorné et jauni. En l'ouvrant, mon compagnon laissa échapper un sifflement :

– Oh, quelle merveille, une vieille édition en allemand ! Ai-je pu lire ces nouvelles, quand j'étais jeune professeur de composition au conservatoire de Moscou. J'habitais au dernier étage de cet horrible bâtiment glacial. L'hiver, il fallait bourrer le poêle pour ne pas se réveiller gelé, mais enfin j'étais pauvre. Cela m'épargnait bien des frais. Pour me tenir chaud, je lisais

Ostrovsky et Pouchkine… Vous devriez en faire autant. Nul mieux que ces deux-là n'a su dire ce qu'était la nature russe… Tenez, *la Dame de pique !* J'ai tiré mon dernier opéra de cette histoire. Je l'aime comme aucune autre. L'avez-vous lue, monsieur d'Entragues ?

Je répondis par la négative. Je ne trouvais pas que le moment fût bien choisi pour parler littérature. Avant de me donner le loisir de répondre, il poursuivit :

– C'est une pathétique histoire d'amour entre un jeune officier désargenté, Hermann, et Lisa, la pupille d'une vieille et noble comtesse. Le jeune homme rêve secrètement de conquérir la belle en ramassant la mise au jeu. Il apprend par hasard une légende selon laquelle la comtesse aurait un jour appris une martingale infaillible pour gagner aux cartes et… Seigneur, j'en frissonne encore… Oh, mais qu'est-ce que cela ?

Une photographie venait de s'échapper du livre. Il la ramassa, ajusta ses lorgnons. Elle représentait une réunion d'amis. Au centre se tenait Werner, facilement reconnaissable, entouré d'hommes jeunes aux mines farouches, vêtus comme des étudiants. Il y avait aussi une femme, sévère mais belle, portant un chignon serré. La photographie avait été prise dans un champ. À l'arrière-plan se devinait une maison de campagne de style palladien, entourée de prairies. Tchaïkovsky laissa échapper une exclamation.

– Vous connaissez ces personnes ?

Il me dévisagea avec une expression hagarde.

– Non... Non... Mais la maison, là...

Il ne put rien ajouter. À cet instant précis, le commandant Fraget fit irruption, suivi de quelques hommes d'équipage.

– Eh bien, que s'est-il passé, ici ?

– Des voleurs, selon toute vraisemblance, répondit mon compagnon sans s'émouvoir, en faisant mine d'essuyer ses besicles.

Le commandant nous examina tour à tour, avec un rien de suspicion.

– Eh bien, il semblerait que la triste série se poursuive. Je suppose que c'est un coup de ces damnés émigrants. J'en ai surpris qui rôdaient sur les ponts supérieurs. Je ne sais comment ils ont pu monter. Nous n'aurons pas bien vérifié les portes. Méfiez-vous. Ne laissez pas votre argent dans les cabines.

– On a ouvert avec un passe. Elle n'a pas été forcée, crus-je bon devoir faire remarquer.

Le commandant me dévisagea avec un mélange de curiosité et de mépris.

– Vous êtes le détective de bord, jeune homme ?

– Non, je me contente de vous faire remarquer une simple évidence. Par ailleurs, mon nom est Sylvain d'Entragues.

– Bien. Très bien, fit-il en se dressant sur la pointe des pieds. Sherlock Holmes voyage avec nous, on dirait.

– M. d'Entragues a raison, confirma mon compagnon. Après tout, il est possible qu'un passe ait été dérobé. Cela ne met nullement en cause l'intégrité de votre équipage.

Le commandant cessa de sourire :

– Je vous en prie, messieurs. Pas un mot de tout ceci. Je ferai ma propre enquête, et je vous jure que je tirerai tout cela au clair. Nous avons encore dix jours de traversée et j'ai près d'un millier d'âmes sous ma responsabilité. Je ferai en sorte qu'il n'y ait plus d'autre incident.

– Je l'espère. Si vous voulez bien nous excuser…

Nous étions sur le point de sortir, lorsque le commandant, s'adressant à Tchaïkovsky, remarqua d'un ton détaché :

– Oh, je vois avec plaisir que vous avez récupéré votre livre ?

Piotr Illytch eut un temps d'hésitation.

– En effet. Pouchkine. J'y tenais beaucoup.

– Il s'agit d'une édition allemande...

– C'est exact, répondit le compositeur avec aplomb. Vous seriez sans doute surpris d'apprendre que l'on perçoit mieux certaines subtilités de sa propre langue lorsqu'elle est traduite. Et comme je lis l'allemand dans le texte... Maintenant, si vous voulez nous excuser...

Manifestement, la réponse ne satisfaisait qu'à moitié le commandant, mais il ne se hasarda pas à importuner davantage son illustre passager. Un peu plus tard, alors que nous avions rejoint notre sofa habituel dans le salon de lecture, il éclata de rire :

– Ma foi, je m'en suis bien sorti ! J'ai honte à l'avouer, mais je suis en proie à des tendances kleptomanes. Il m'arrive de dérober des livres dans les bibliothèques !

– Est-ce bien raisonnable ?

– Aujourd'hui, je crois que nous pouvons répondre par l'affirmative...

Je ne pus retenir la question qui me brûlait les lèvres :

– Eh bien, cette photo ? Qu'avez-vous découvert ?

Piotr Illytch jeta un coup d'œil rapide autour de lui, pour s'assurer que nous n'étions pas observés. Puis il tira sa trouvaille de sa poche et me désigna la maison située en arrière-plan.

– C'est incroyable, murmura-t-il. Vous ne devinerez jamais... Je suis en mesure de vous révéler où et quand ce cliché a été pris : à Brailov, en Ukraine !

Je le dévisageai, admiratif.

– Sincèrement, c'est vous, le détective de bord !

– Non, rien de surprenant à cela. Par le plus grand des hasards, je connais cette propriété. Elle appartient à une personne de mes relations.

– Qui donc ?

– La baronne von Meck. C'est une veuve excentrique, très fortunée. Nous avons été les meilleurs amis du monde et pourtant nous ne nous sommes jamais rencontrés. Elle adorait mes œuvres. Elle m'écrivait, m'envoyait de l'argent et des cadeaux. En fait, elle a longtemps subvenu à mes besoins. Tout cela est fini aujourd'hui. L'an passé, elle m'a envoyé une lettre de rupture à laquelle je n'ai rien compris. On la dit ruinée, malade. Et voilà que je tombe sur cette photo... Cette demeure que vous apercevez dans le fond n'appartient plus à la baronne, aujourd'hui. Elle l'a vendue. Mais j'ai vécu là, autrefois...

Il marqua un silence. L'émotion lui serrait la gorge.

– La baronne, reprit-il, ouvrait sa demeure à toutes sortes de gens, même durant son absence. Nous parlions récemment du destin, voyez ! Ce Werner a séjourné à Brailov, lui aussi. Sans le savoir, nous nous sommes peut-être croisés…

– Mais Werner est Allemand. Votre amie donnait-elle asile à des étrangers ?

– Sans doute ! Elle a même hébergé Debussy, votre grand compositeur. Par ailleurs, elle était mariée à un Allemand, un industriel. Peut-être Werner était-il quelque cousin éloigné ou une relation conservée en Allemagne. Cela, nous ne pouvons que le supposer. Quant aux autres personnes, il me semble… cette femme… je suis certain de l'avoir déjà vue. Quoi qu'il en soit, cette photo a été prise voici une dizaine d'années… Vous voyez sur la droite, cet enclos en construction ? Il était destiné aux poneys que montaient les petits-enfants de la baronne.

Il resta soudain le regard fixe, comme égaré dans un lointain passé, et une expression de désarroi, de nostalgie se peignit sur son visage.

– Ah, Brailov… murmura-t-il comme dans un songe. Vous ne pouvez imaginer quel endroit c'était, mon jeune ami. Le paradis sur terre, rien de moins. Imaginez une prairie à perte de vue, des vergers, un jardin d'enfants où caquetait une adorable basse-cour miniature ! La baronne avait fait broder des serviettes et des draps à mes initiales. Quand il pleuvait, je m'installais devant le grand piano de concert. Popka, la perruche, me tenait compagnie. Elle commençait à savoir bredouiller son nom. N'est-ce pas étonnant ? Tout m'a appartenu, le temps d'un rêve. Parfois, je me demande si Brailov a seulement existé.

Il marqua un silence.

– Tout cela est fini. Dommage que cette propriété ait été vendue. Tant de souvenirs m'y rattachent.

– Quelle raison Werner avait-il de tenir ce recueil et cette photo cachés ?

Piotr Illytch fronça les sourcils, chaussa ses besicles et l'examina de nouveau.

– Qui sait si la clé ne se trouve pas là, sous nos yeux ?

Il secoua la tête :

– Cette femme... si belle... Je suis certain... Elle m'est familière... Où diable l'ai-je déjà vue ? Vous avez eu raison de vous fier à votre instinct, mon jeune ami. Cette affaire n'est peut-être pas si claire qu'elle y paraît. Et si c'est le cas, nous voici en mer, loin de tout secours, en compagnie d'un redoutable assassin...

Soudain, le navire plongea vers l'avant d'une façon si soudaine que je dus me retenir à la table pour ne pas tomber.

– Que se passe t-il ?

– J'ai peur que le temps ne se gâte, répondit Piotr Illytch sans s'émouvoir. J'ai entendu dire qu'un grain se préparait...

De fait, le ciel s'était obscurci et la mer avait pris une teinte métallique de mauvais augure. Des franges d'écume peignaient la crête des vagues.

– Si vous êtes sensible au mal de mer, prémunissez-vous.

– Je n'ai jamais pris le bateau assez longtemps pour me faire une opinion. Mais ce ne doit pas être si terrible.

Le compositeur me dévisagea avec un petit sourire amusé...

# LA TEMPÊTE

Tchaïkovsky ne s'était pas trompé. J'avais largement surestimé ma capacité à résister au mal de mer. Comme bien d'autres passagers, au début les secousses m'amusèrent. On ne pouvait se déplacer sans être projetés en tous sens, ce qui déclenchait des situations souvent cocasses. Puis à mesure que la houle se creusait, les sourires s'effacèrent. L'angoisse commença à se peindre sur les visages. L'équipage dut disposer des seaux aux quatre coins du navire...

Pour qui ne l'a jamais éprouvé, le mal de mer est une expérience terrible. Nulle part où fuir, nulle position pour se soulager. Manquant d'air, j'avais cru trouver quelque réconfort sur le pont, malgré le vent et les embruns. Un temps, je m'allongeai sur un banc. J'avais défini qu'en toute logique, le milieu du bateau devait forcément bouger moins que le reste. J'eus la preuve en ce jour que la logique pouvait s'avérer une notion très relative.

Nous traversions une véritable tempête, qui d'après les estimations météorologiques, devait durer plusieurs jours. L'océan offrait un spectacle effrayant, creusant sous notre étrave des abîmes noirs et écumants. Malgré sa masse imposante, le *Bretagne* était ballotté comme une coquille de noix. Ici s'interrompait le règne de l'homme, dans cette immensité indomptée.

Vers midi, je trouvai les ressources nécessaires pour me rendre au restaurant. Non pour manger : cela, mon estomac me l'interdisait. Je venais seulement chercher un peu de réconfort en la compagnie de mes semblables. Ma tante était déjà installée. Elle déjeunait confortablement, s'accommodant fort bien du roulis. Depuis longtemps immunisée contre le mal de mer, elle n'avait cure de ceux qui la dévisageaient avec horreur.

– Enfin levé ? me lança-t-elle avec un petit sourire perfide.

– J'ai passé une nuit effroyable.

– Nous avons un peu bougé, c'est vrai.

Autour de nous, le personnel allait et venait comme si de rien n'était. Ils n'avaient pas grand-chose à faire. La grande majorité des tables était inoccupée. Je commandai de l'eau minérale. Pour mon malheur, Buso fit son apparition, jovial comme à son habitude. Il était accompagné par le colonel von Falsenberg. L'un et l'autre semblaient en parfaite santé. Dambreuil arriva à son tour. Ne manquait plus à l'appel que Tchaïkovsky pour que notre table fût réunie au grand complet.

– Bonjour, lança Buso. Fichu temps, hein ? Qui s'en serait douté... Il faisait si beau...

Il attira un siège à lui.

– Figurez-vous que l'équipage appelle cela « un petit grain » ! On se demande quel terme ils utilisent pour désigner un ouragan ! J'ai beaucoup de chance. Le roulis n'a aucun effet sur moi. Il faut vous dire que j'ai été marin dans ma jeunesse. J'ai eu une vie peuplée d'aventures, vous savez. Ainsi, je suis allé jusqu'en Malaisie et...

Nous dûmes subir dans le détail le récit de ses expéditions peu ou prou inventées. Von Falsenberg l'écouta d'abord d'une oreille distraite, en lissant sa moustache, avant de l'interrompre.

– Allons, très cher, je crois que vous indisposez vos auditeurs. Voyez ce jeune homme. Il n'a pas l'air bien.

Buso ne se froissa nullement. Moi si.

– Oh, je comprends. Je comprends tout à fait.

Il jeta un coup d'œil circulaire.

– Vous avez vu, il n'est pas ici, ce matin...

– Qui donc ?

– Le Russe.

– En effet, observa l'officier. Ne lui trouvez-vous pas quelque chose de bizarre ?

J'observai ma tante à la dérobée. Elle dégustait dignement son potage, du bout des lèvres, impénétrable comme le sphinx. Tenu par ma promesse, je ne lui avais pas fait part de ma découverte concernant la véritable identité de M. Petrovsky.

– Je ne sais pas, répondit Buso. Une chose est sûre, il n'aime guère se lier. Je crois, mon cher d'Entragues, que vous êtes le seul à avoir su l'amadouer. Que savez-vous de lui au juste ?

– Pas grand-chose, j'en ai peur.

– Vous ne voulez pas nous faire avaler cela ? Vous êtes devenus inséparables...

– Eh bien, il voyage pour son agrément, voilà tout. Nous avons parlé de la situation dans son pays, joué aux échecs, au whist... Cela ne me donne nullement autorité pour parler de lui...

– Discret jeune homme, observa Dambreuil en fin journaliste. Et prudent aussi...

– Savez-vous, renchérit Buso, que les membres de la famille du tsar voyagent parfois sous des noms d'emprunt, incognito ? Petrovsky, c'est peut-être un pseudonyme…

– Allons bon ! plaisanta von Falsenberg. Suggéreriez-vous que nous voyageons avec un cousin d'Alexandre III ? Si c'est le cas, il a choisi le bon moment pour partir en villégiature. Les nouvelles de Russie font craindre le pire. Il y a des émeutes un peu partout dans les campagnes et les industries sont paralysées par la grève. On raconte que les gens meurent de froid sur le bord des routes et que les magasins sont vides. On parle même de choléra…

– Je suis allé là-bas voici quelques années, se souvint Dambreuil. Les gens ont quelque chose de chaleureux au premier abord, mais on se rend compte que derrière cette apparence, ils cachent une nature profondément mélancolique, grave… Ce sont d'incurables romantiques. Ils se plaisent à imiter les héros de leur littérature. Avez-vous lu Pouchkine ? Lermontov ?

– Euh… bredouilla Buso.

– Alors vous devez savoir de quoi je veux parler. Pourtant, quelle énergie, quel caractère ont-ils ! Capables d'endurer les pires calamités, les privations de toutes sortes !

Imaginez qu'un jour, un tel peuple se lève d'un seul coup... Ce serait la terre entière qui en serait ébranlée. Et cela commence, mes chers amis. Voyez les terroristes...

– Vous nous effrayez, monsieur Dambreuil ! s'exclama von Falsenberg.

– Je suis journaliste, que voulez-vous ! Et vous pouvez m'en croire. La Russie est un colosse aux pieds d'argile encore peuplée de serfs. Oh, oui, je sais, Alexandre II a aboli le servage... On ne fabrique pas des hommes libres par décret. C'est une utopie d'intellectuel, cela...

– Mais il faudra bien qu'un jour ce peuple se libère !

– Ce dont l'Allemagne, dit-on, pourrait profiter pour avoir les mains libres en Europe centrale.

À cette remarque qu'avait finement émise Dambreuil, un sourire énigmatique passa sur les lèvres de von Falsenberg.

– Bonsoir... Permettez à un tsariste convaincu de prendre place parmi vous.

Un silence gêné se fit.

– Hem... Avez-vous entendu parler de ce bal masqué qui sera bientôt donné ? éluda M. Buso.

La conversation s'orienta sur des sujets plus badins. Tchaïkovsky n'y prit pas part. Il semblait pensif. Personne ne toucha aux plats succulents qui défilaient dans l'indifférence : pâtés en croûte, canard à l'orange, sorbets retournèrent à la cuisine sans avoir été touchés. Plus tard, tandis que le compositeur et moi entamions notre partie de whist quotidienne, il passa une main sur ses cheveux ras et soupira avec agacement :

– Les imbéciles ! Que savent-ils de ce qui se passe vraiment là-bas... Ils n'ont vu de la Russie que Pétersbourg et ses salons ! Seigneur, qu'est-ce que je fiche ici... Je devrais être chez moi, à cette heure !

Il étreignit soudain son estomac. Une grimace douloureuse se peignit sur son visage. Il ouvrit la bouche comme s'il manquait d'air.

– Qu'avez-vous ? Vous ne vous sentez pas bien ?

– Ce n'est rien... Rien...

Sa pâleur démentait ses paroles.

– Je vais chercher un médecin...

– Non... Non, pas ici...

Il jeta un coup d'œil autour de lui pour s'assurer que personne n'avait remarqué son malaise.

– Cela m'arrive... Souvent... Ce maudit estomac...

Il eut un rictus, comme pour défier la souffrance. À sa demande, je lui apportai du cognac. Il l'avala d'un trait et commença à se sentir mieux. L'eau-de-vie avait sur lui des vertus apaisantes pour le moins inattendues. Il se leva.

– Ne m'en veuillez pas, mon jeune ami. Je descends me reposer un instant.

– Désirez-vous que je vous accompagne ?

– Nullement. À ce soir, au dîner…

Il tint parole. Il arriva sur le coup de sept heures, vêtu d'un nouveau costume. Son élégance frisait décidément la coquetterie. Il semblait ne plus se ressentir de son malaise et affichait une certaine bonne humeur. Ma tante lui avait réservé une place à côté d'elle. Notre petite assemblée de midi se reforma. Nous étions pour ainsi dire seuls dans la salle à manger. Les derniers réfractaires au mal de mer avaient finalement cédé. Et quant à nous, nous faisions des efforts pour nous montrer sous notre meilleur jour.

– Quand cela cessera-t-il ? se lamenta Buso en tamponnant son front avec son mouchoir. Pourvu que cette coque de noix ne sombre pas…

Il n'avait pas touché à son assiette. Von Falsenberg le considéra d'un œil compatissant.

– Rien ne vaut les navires allemands, dit-il. Plus solides que le roc !

– Les coursives sont désertes. On se croirait les seuls survivants de quelque catastrophe.

– Non, non, répliqua Piotr Illytch. Vous n'imaginez pas l'animation qui règne en quatrième classe. Les gens boivent et dansent. J'en reviens.

– Comment ? s'étonna ma tante. Ne craignez-vous pas de vous mêler à ces gens ?

– Ma foi, ces gens, comme vous dites madame, sont charmants et très conviviaux.

– Dites-moi seulement si nous arriverons vivants en Amérique ! gémit M. Buso dont le visage devenait de plus en plus vert.

– *Ach !* s'exclama von Falsenberg. Ce beau navire était fort impressionnant lorsqu'il était à l'ancrage. Si le temps persiste, j'ai peur qu'il ne se mette à fuir de toute part.

Cette déclaration jeta un froid. Il ajouta non sans une certaine pointe de cruauté :

– Imaginez-vous tomber dans la mer glacée, avec des vagues hautes comme des montagnes qui vous cernent de tous côtés, l'écume qui entre dans votre bouche et vos oreilles. Cela hurle, cela gronde. Terrible. Infect. Oui, infect...

– Ma parole, s'inquiéta Dambreuil, on croirait à vous entendre que cela vous est déjà arrivé ?

– Une fois ! Et assez longtemps pour comprendre qu'un homme n'est pas fait pour séjourner dans l'eau de mer.

– Qu'est-ce qui vous fait dire que nous courons le moindre danger ? demanda Piotr Illytch qui semblait prendre sa prédiction très au sérieux.

– Navire français.

En disant cela, il me fixa d'un air narquois. Je trouvai sa remarque vexante, mais j'avais la nausée et mon esprit de repartie me fit défaut. Mes compatriotes n'avaient pas apprécié davantage. Dambreuil prit mollement la défense de nos chantiers navals, ce qui n'altéra pas outre mesure la conviction de l'officier.

– D'ailleurs, poursuivit-il sans s'émouvoir, la guigne est avec nous. Regardez ce pauvre type qui s'est jeté par-dessus bord. Rien de tel pour attirer la mauvaise chance, *ja !*

M. Buso s'éventa avec le menu. Tchaïkovsky alluma une énième cigarette.

– S'est-il réellement suicidé, à votre avis ? lança-t-il.

– Cela ne fait aucun doute, voyons... Il a attendu que nous soyons au large pour être certain de n'être pas récupéré...

– Vite dit.

– Comment ? Vous pensez à un accident ?

– Et pourquoi pas un meurtre ?

Nos compagnons se dévisagèrent, partagés entre le rire et l'effroi.

– Vous plaisantez sans doute, monsieur Petrovsky ? frémit ma tante.

– Oh oh… jubila Dambreuil en sortant discrètement son calepin.

Lorsque Tchaïkovsky eut suffisamment jugé de l'effet provoqué, il ajouta :

– À ce sujet, votre neveu a élaboré une théorie très convaincante.

Cette fois, tous les regards se tournèrent vers moi, en particulier celui de ma parente, pour le moins réprobateur. Je me sentis rapetisser. Pourquoi diable le compositeur avait-il parlé ? Je n'eus d'autre alternative que d'acquiescer.

– Voyons, Sylvain, ce n'est pas sérieux, s'indigna tante Anselma. Il faut l'excuser : il est passionné par la psychologie. Il dévore tout ce qu'il trouve sur le sujet et s'amuse souvent à deviner les choses derrière leurs apparences. Mais dans ce cas précis…

Von Falsenberg se frotta les mains, apparemment très excité.

– Je vous en prie, laissez ce jeune homme développer ses arguments. Je serais très heureux d'écouter sa version des faits.

– Moi aussi, acquiesça Dambreuil, moi aussi !

Buso lui-même sembla en oublier son malaise et tendit l'oreille.

– Eh bien, commençai-je en me raclant la gorge, je n'ai pas de certitude absolue mais plusieurs éléments viennent selon moi jeter un doute sur la thèse officielle du suicide.

– Allons donc ! Ce malheureux a écrit une lettre expliquant son geste, objecta Buso.

– On a retrouvé une lettre. Rien ne dit qu'elle soit de lui.

– Ridicule ! Songez-vous au poignard, au poison, ou au pistolet ?

– À une écharpe noire, que l'on a laissée délibérément sur les lieux. Elle était nouée au bastingage, comme un signal adressé à quelqu'un.

– Puis l'on aurait poussé le corps par-dessus bord ? En plein jour, au su de tout le monde ? Quand il était plus simple d'attendre la nuit et de s'introduire dans sa cabine...

L'hypothèse semblait décidément choquer M. Buso, qui en avait oublié sa nausée.

– Werner était armé et se tenait sur ses gardes, ce qui devait rendre une telle action délicate. De plus il fallait que cela puisse passer pour un accident.

– Voilà un conte digne d'un feuilleton

criminel ! railla Dambreuil en refermant son calepin.

Je n'avais nullement l'intention de capituler. Sans me démonter, j'exposai avec minutie chacun des détails qui m'avaient paru troublants. Aucun n'eut l'heur de convaincre mon auditoire. Je m'échauffai.

– Quand Werner est descendu du train de Paris, il avait un comportement normal. Par la suite, il a changé du tout au tout. Il a joué cette comédie de l'excentrique, en pensant sans doute attirer les regards et rendre plus difficile toute action contre sa personne. Pourquoi, s'il n'avait eu la certitude que sa vie était menacée ? Il a dû se rendre compte qu'il avait des ennemis à bord de ce bateau. Peut-être d'anciennes connaissances… D'une façon ou d'une autre, ceux-ci l'ont amené à rester seul sur le pont, ce soir-là.

– Ils étaient plusieurs, par-dessus le marché ? Une véritable machination, alors ? se moqua Buso.

– Grotesque, marmonna tante Anselma.

– Des faits, il faudrait des faits, ne cessait de répéter Dambreuil.

Tchaïkovsky restait muet. Seul von Falsenberg manifestait un certain intérêt pour ma théorie :

– Si cet homme se sentait menacé, objecta-t-il, pourquoi n'a-t-il pas immédiatement alerté les autorités de bord ?

– Peut-être avait-il quelque chose à se reprocher, et fuyait-il le pays. Peut-être même était-il recherché par la police ?

Buso me dévisagea d'un drôle d'air.

– Voyons, jeune homme, vous ne vous fondez que sur de simples suppositions. Ce jeu d'esprit est certes très divertissant, mais...

– Pas de simples suppositions, intervint enfin Tchaïkovsky. Un cambrioleur a pénétré dans la cabine de Werner et l'a mise sens dessus dessous. Le commandant Fraget et son second en sont témoins. Pas d'effraction. Un passe a été utilisé. Visiblement, « on » cherchait quelque chose...

– Voilà des faits, s'exclama Dambreuil en mouillant la pointe de son crayon. Et que cherchait-on, à votre avis ?

À ma grande stupeur, Tchaïkovsky brandit le recueil de Pouchkine.

– Ceci. Un recueil de nouvelles. Il contenait certaine photographie, sans doute compromettante pour quelqu'un à bord. À cette heure, il est fort possible qu'un assassin se cache parmi nous. Qui disposerait de complices, peut-être même parmi l'équipage...

– Avez-vous cette photographie ? s'enquit von Falsenberg.

– Certes. En lieu sûr.

L'officier hocha la tête, sarcastique :

– Quel risque vous courez...

– Pfff... fit Buso. Il vous fait marcher. Avouez-le. Vous ne croyez pas un traître mot de ce qu'a dit ce garçon ! C'est une blague !

Tchaïkovsky partit d'un petit rire.

– Évidemment ! Mais vous y avez tous cru. Et c'était très plaisant. C'est une fable que nous avons inventée pour vous divertir.

Tout le monde se dérida et l'on parla d'autre chose. J'étais atterré. Je passais pour le dernier des imbéciles. Je m'étais donc trompé sur le compte du compositeur. Il s'était joué de moi. Il n'avait pas hésité à me ridiculiser devant les autres. J'étais prêt à ne jamais lui pardonner, si bien que sans attendre la fin du repas, je quittai la table et partis m'enfermer dans ma cabine.

Ma tante rentra tard, après le concert donné par l'orchestre de bord. Ma « prestation » l'avait choquée et elle ne se priva pas de me le faire savoir.

– Ton comportement de ce soir a été ridicule. J'espère que tu en es conscient. Devant ces gens... Qu'ont-ils dû penser ? Ce malheureux est mort, de toute façon...

– Ma tante, il se passe à bord des choses étranges, je vous assure…

Elle poussa un profond soupir. Sans doute pensait-elle que j'étais devenu fou.

– Tu devrais dormir, au lieu de te monter ainsi la tête. Allons, oublions cette incartade. Ce mauvais temps nous porte sur les nerfs. Bonsoir, mon petit.

J'essayai de dormir, mais c'était chose impossible. Je vis poindre l'aube sans avoir pu fermer l'œil. Trop de questions se pressaient dans ma tête. Je fus parmi les premiers à monter sur le pont. Le temps était pluvieux. À perte de vue, la mer moutonnait. J'aperçus Geraldo, notre steward, qui pliait des couvertures. J'allai vers lui.

– Bonjour ! Comment s'annonce la météo pour aujourd'hui ?

– Bonjour, monsieur. Une accalmie est prévue. Mais elle ne durera pas.

– Je n'imaginais pas que cette traversée serait si sinistre. Depuis la disparition de ce malheureux, c'est à croire que les éléments se liguent contre nous…

Le jeune homme se raidit imperceptiblement.

– En effet. Une tragédie, monsieur.

– Voyez-vous, c'est peut-être un peu ridicule de ma part, mais… Avez-vous vu exactement ce qui s'est passé ? Je veux dire,

M. Werner enjamber le bastingage et se jeter à la mer ?

Il me dévisagea sans aménité.

– Est-ce bien nécessaire d'en parler, monsieur ?

– Excusez ma curiosité. Mais vous vous rappelez sûrement. J'étais l'un des premiers sur les lieux et... N'y avait-il personne d'autre sur le pont ce soir-là ?

– Personne. Rien d'autre, monsieur ?

– Mais vous l'avez vu disparaître, n'est-ce pas ? Werner, vous l'avez vu ? Vous sembliez bouleversé lorsque...

– Que Monsieur veuille bien m'excuser, mais je dois continuer mon service.

Il était devenu livide comme la mort. Il me tourna le dos et disparut à l'intérieur. Quel étrange comportement ! J'admets qu'aborder un tel sujet devait lui répugner et qu'il devait juger ma curiosité déplacée. Ma question semblait l'avoir troublé. Était-il possible qu'il ait conçu lui aussi quelque soupçon ? Avait-il été le témoin de quelque chose ? Je n'y avais jamais songé auparavant, mais il se trouvait sur les lieux ce soir-là. Je l'avais croisé faisant demi-tour, courant prévenir les officiers. Que lui importait d'évoquer ce drame, si Werner s'était effectivement suicidé ?

Je n'avais pas renoncé à faire la lumière

sur cette affaire. Et si ma conviction avait été ébranlée lors du dîner de la veille, cette conversation lui avait redonné force. Je quittais le pont lorsque je rencontrai M. Buso. Il avait le teint verdâtre, la démarche mal assurée. De toute évidence, il était en proie au mal de mer et faisait des efforts louables pour ne pas le laisser paraître. Il me salua :

– Bonjour, cher d'Entragues. Déjà bon pied, bon œil, hé ? Le privilège du jeune âge. Toujours en quête de l'assassin ? Je vous ai vu parler au steward. Vous ne renoncez pas facilement... Méfiez-vous, mon garçon. On ne sait jamais où l'on met les pieds...

– Qu'entendez-vous par là ?

– Je me suis posé des questions, rapport à votre théorie. Car ce n'était pas qu'une blague de potache, n'est-ce pas ? Imaginez un instant que vous ayez raison... Raison sur toute la ligne... Avez-vous songé que ces gens, s'ils existent, seraient peut-être tentés de vous faire taire ?

– Ma foi... Quel intérêt pour eux, puisque je ne connais pas leur identité ?

– Ce n'est pas forcément de tels détails qui arrêtent des assassins. À votre place, j'y réfléchirais...

Sur ces paroles énigmatiques, il souleva

poliment son melon et rentra. Qu'avait-il voulu dire ? Aurait-il voulu m'effrayer qu'il ne s'y serait pas pris autrement. Pourtant, la veille, il ne semblait guère m'avoir pris au sérieux. Ceci me troubla. Prétextant le mal de mer, je m'enfermai dans ma cabine le reste de la journée, réfléchissant, analysant, et noircissant des feuillets où j'inscrivais les noms de tous ceux qui, de près ou de loin, touchaient à cette affaire. Sans avancer beaucoup, je dois dire. Dans la soirée, profitant d'une éclaircie, je fis une promenade sur le pont. J'avais décidé d'éviter Tchaïkovsky si par aventure je le croisais. Mais il me tomba dessus à l'improviste.

– Ne dites rien ! Je sais que vous êtes fâché contre moi et je l'ai tout à fait mérité. Je suis navré pour hier soir. Vous devez penser que je vous ai trahi. Mais c'était pour le bien de notre enquête, je vous assure...

Il me prit par le bras.

– Je dois vous montrer quelque chose... Après, vous comprendrez.

Je l'avoue, ma curiosité fut plus forte que mon ressentiment. Je me laissai conduire jusqu'au seuil de sa cabine. Je ne pus retenir une exclamation. Elle semblait avoir été traversée par un cyclone. Le contenu des malles était répandu, le papier musique jonchait le sol.

– Vous a-t-on volé quelque chose ?

– 480 francs en pièces d'or, tout le bénéfice que j'avais retiré de mon dernier concert à Paris. Pfuitt ! En fumée ! C'était ainsi quand je suis revenu de la salle à manger. J'étais fou de rage. J'ai bien entendu prévenu le commandant Fraget afin qu'une enquête soit menée, ce qu'il m'a promis, mais entre nous je n'en attends pas grand-chose.

– Vous avez eu tort de montrer le livre et de parler de la photo.

– Mais je l'avais fait dans ce but ! Voilà pourquoi j'ai couru le risque de blesser un peu votre fierté. Bien sûr je ne pensais pas qu'ils iraient jusque-là, mais réfléchissez : quelqu'un a pris notre histoire au sérieux, Sylvain. Quelqu'un savait qu'il ne s'agissait pas d'une simple blague, comprenez-vous ? Votre théorie se renforce… Même si personnellement, j'en trouve le prix plutôt élevé… J'ai transpiré pour gagner cet argent. Diriger un orchestre n'est pas pour moi chose facile, je vous jure. Je panique dès que je suis devant le public. C'est terrifiant !

Sa sincérité ne faisait aucun doute. À bien y réfléchir, il avait usé d'une habileté diabolique.

– Nous avons des adversaires, mon jeune ami. Et cela n'est plus le fruit de notre imagination. Nous les avons contraints à se manifester, à courir des risques. Ils ont dérobé l'or pour cacher le véritable but de cette intrusion : la photographie. Ils pensaient trouver la photographie... Par précaution, je l'avais conservée sur moi. Une chance. Mais ils ont fait main basse sur le recueil de Pouchkine. Le piège a fonctionné. N'est-ce pas la preuve que nous cherchions ?

– Insinueriez-vous que... que l'un de nos compagnons de table serait dans le coup ?

Je songeais à l'étrange comportement de Buso, à la curiosité de Dambreuil, aux sarcasmes de von Falsenberg. Tchaïkovsky laissa planer un silence lourd de sous-entendus.

– Qui sait ? Demain, rendez-vous à la bibliothèque. À onze heures.

Nous nous séparâmes. La nuit était tombée. Tandis que je longeais la coursive me ramenant à ma cabine, une porte grinça quelque part. Je frissonnai et pressai le pas. Un moment, j'eus l'impression d'être épié. Je ne fus rassuré qu'une fois mon verrou poussé. Et encore restai-je un moment l'oreille collée à ma porte, aux aguets. Peut-être ne m'étais-je pas trompé, après tout. Quelqu'un passa dans le couloir, s'arrêta un instant à ma hauteur, comme hésitant, puis s'éloigna.

La gorge sèche, je rassemblai mon courage et entrouvrit le battant. Il n'y avait personne. Mais, nouée à la poignée, une écharpe noire se balançait doucement...

# À FLEURET MOUCHETÉ

Une fois de plus, je n'avais guère fermé l'œil. Durant la nuit, le navire avait plongé à de nombreuses reprises, attestant du mauvais état de la mer. Cela n'avait fait qu'ajouter à mon angoisse. L'écharpe noire. Le message n'était pas innocent. À coup sûr, on l'avait mise là pour me mettre en garde. Mon intérêt pour l'étrange fin de M. Werner dérangeait quelqu'un. Nos adversaires, comme les nommait Tchaïkovsky, devaient juger la menace assez réelle pour oser se découvrir de la sorte. J'étais devenu gênant et après avoir mis à sac la cabine du musicien, ils essayaient de m'impressionner à mon tour.

Et ils avaient réussi. Car je mentirais en prétendant que je n'avais pas reçu un choc. Jusqu'alors, j'avais considéré tout cela avec un certain détachement, à la façon d'un problème d'arithmétique, une partie d'échecs, bref un jeu de l'esprit abstrait et sans conséquences. Je commençais seulement à mesurer mon imprudence, mon aveuglement. J'étais allé trop loin. J'avais fourré mon nez dans une affaire grave, de nature criminelle. Il y avait eu mort d'homme. Et les coupables n'allaient certainement pas laisser un jeune fouineur les démasquer.

Que faire à présent ?

L'aube me trouva sans réponse. Je n'allais tout de même pas rester cloîtré dans ma cabine, à grelotter de peur ? De cette idée même naquit son antidote. Que diable ! Je n'étais pas une proie aussi facile que ces gens semblaient l'imaginer. Je devais réagir, au contraire. En attendant mon rendez-vous avec Tchaïkovsky, je descendis au gymnase. Il était désert. J'avais par trop négligé mon entraînement ces jours derniers. Après les épreuves que la tempête avait fait subir à mon organisme, je n'étais guère en état de me livrer à des exercices pénibles. Tandis que je me mettais en tenue, une voix me fit soudain tressaillir.

– Vous voici bien matinal, monsieur d'Entragues…

Le colonel von Falsenberg venait d'entrer, légèrement vêtu d'une chemise blanche à manches bouffantes, un foulard autour du cou.

– Oh, bonjour !

– Vous avez raison, il faut entretenir son corps. Moi-même je viens ici chaque matin.

Il déposa un sac de forme oblongue sur un banc et, à mon grand étonnement, en sortit plusieurs fleurets, qu'il testa avec la minutie d'un connaisseur. J'interrompis mes exercices.

– Vous tirez ? m'informai-je.

– Ma foi ! s'exclama-t-il gaiement. Je suis un ancien militaire. Par chance, j'ai conservé le bras qui sait tenir une épée. Chez moi, à Vienne, je continue de fréquenter la salle d'armes. Hélas, depuis notre départ, je n'ai trouvé personne pour me donner la réplique et je suis condamné à me démener tout seul devant ce miroir.

– Je ne suis pas un grand bretteur, mais si vous le désirez, nous pourrions croiser le fer.

– Comment, vous aussi ? Avec la plus grande joie.

– Nous n'avons ni masques, ni justaucorps...

– Quelle importance ? Juste quelques touches amicales.

Il se mit en garde, le buste droit, jambes fléchies. L'absence de son bras gauche ne semblait aucunement le gêner. Il engagea avec une virulence tout à fait inattendue, me repoussant à la limite du tapis. Je n'avais jamais eu affaire à adversaire d'un niveau si relevé. Il s'excusa spontanément :

– Je suis désolé. Je me suis laissé emporter par ma fougue naturelle. Soufflez un instant. Savez-vous qu'il m'en a été raconté une bien bonne, ce matin… Je crois que vous vous êtes lié d'amitié avec ce vieil élégant russe, cet original… Comment s'appelle-t-il, déjà ?

– M. Petrovsky.

– C'est cela, Petrovsky. En garde.

Nous nous replaçâmes. Aussitôt, il me mit en difficulté sur une fente admirablement masquée, redoubla et j'eus toutes les peines du monde à contrer. Bien que privé d'un bras, il avançait toujours en parfait équilibre. Chacun de ses coups sonnait avec une force inouïe, mettant à rude épreuve la résistance de mon poignet. Il me tenait à sa merci, mais il ne poussa pas son avantage, préférant rompre.

– En réalité, poursuivit-il sans même être essoufflé, votre ami ne s'appelle pas Petrovsky. Savez-vous qui se cache en réalité sous ce pseudonyme ?

– Je l'ignore.

– Vraiment ? Je vous croyais d'une nature plus curieuse.

Tout en parlant, il avait repris l'assaut, comme si de rien n'était.

– Ah, touché !

Il stoppa la pointe mouchetée à deux centimètres de la jointure de mon épaule.

– Piotr Illytch Tchaïkovsky, le grand compositeur, voyez-vous ça ? Nous avons une célébrité à bord qui n'osait dire son nom. Autant vous dire que notre ami Dambreuil est sur la brèche. Il le suit comme son ombre ! Il espère une interview, pensez donc !

Je feignis l'étonnement.

– Tchaïkovsky lui-même ? Vous plaisantez ?

– Non pas ! Le secret était bien gardé. Je l'ai appris par hasard. L'indiscrétion d'un steward. Étrange homme. Allons, dans le fond, nous portons tous des masques… N'est-il pas vrai ?

– …

– Prenez M. Buso, par exemple. Il se dit marié à une milliardaire, mais n'a pas un liard sur lui, au point qu'il ne rate jamais une occasion d'emprunter de l'argent. Quant à Dambreuil, je l'ai surpris qui soudoyait un steward de façon à ce qu'il laisse ouvert certain accès aux secondes classes… À la nuit tombée, notre journaliste descend subrepticement pour se mêler à Dieu sait quelle orgie ! Et ces deux dames anglaises, la vieille et sa pupille, que vous avez si élégamment secourues contre cet énergumène... Ne dirait-on pas qu'elles s'adorent ? En fait, la plus jeune a le béguin pour un séduisant ingénieur qui voyage en bas. Elle projette de s'enfuir avec lui dès notre arrivée. Touchant, non ?

– Êtes-vous donc si bien informé des secrets de tous les passagers ?

– Non, non... Seulement ceux qui excitent ma curiosité.

Sans prévenir, von Falsenberg poussa une botte en tierce sur mon flanc droit. Je n'eus que le temps de parer, puis ripostai par un enchaînement qui le repoussa en arrière, évitant ainsi un nouvel affront.

– Bravo, jeune homme. Vous êtes attentif. Et pour un apprenti, vous savez manier le fer. Vous devez avoir un excellent maître d'armes.

– J'en ai un. Les Gascons sont réputés pour être de bons professeurs.

Nous nous accordâmes une pause. Il s'essuya le front avec une serviette.

– Vous-même, mon cher d'Entragues... poursuivit-il, ne dirait-on pas un jeune oisif plein d'insouciance, qui passe son temps à voyager en compagnie de sa vieille tante ? Et qu'avons-nous en vérité ? Un adepte de la psychologie, un détective en herbe qui voit des assassins partout, et imagine les complots les plus terribles se tramer dans l'ombre de ce navire. À propos, où en êtes-vous de votre enquête ?

Mon sang se figea. J'essayai de deviner quelque sous-entendu dans le ton de ses paroles, bien en vain. Son intérêt semblait n'être que pure politesse. Devais-je lui dire pour l'écharpe ? Je décidai qu'il valait mieux cacher mon jeu.

– Je... En vérité, je crois que mon imagination m'a emporté un peu loin...

L'officier me dévisagea avec ironie.

– Cela ne vous ressemble pas. Vous paraissiez si convaincu de votre théorie l'autre soir... Mais je suis ravi de voir que vous êtes revenu à la raison. Ce drame a impressionné votre esprit. À votre âge, c'est on ne peut plus naturel. Profitez de la vie, mon cher. La vieillesse vient si vite. Un dernier assaut ?

– Si vous voulez.

Nouvelle garde. Mais j'étais déconcentré. Il se fendit avec une prodigieuse rapidité. Je parai en sixte. Il avançait comme une tornade dévastatrice. Ses assauts étaient impossibles à contenir. Nul doute qu'il avait une grande habitude des duels, des vrais, ceux où l'on joue sa vie à quitte ou double.

Malgré une résistance opiniâtre, je fus complètement débordé, et je sentis la touche se poser dans le creux de mon estomac.

– Touché, triompha-t-il. Mais vous auriez pu parer cette dernière, j'en suis convaincu. Pourquoi ne pas l'avoir fait ?

– Je ne suis pas aussi aguerri que vous.

– Ah ! Vous savez, l'expérience de la bataille est irremplaçable.

Il sourit et me tendit la main.

– J'espère n'avoir pas trop éprouvé votre bras. Perfectionnez vos fentes, elles manquent de vivacité, d'engagement. En tout état de cause, je vous remercie. Votre réplique était de haute qualité.

– Vos conseils me seront précieux. Mais je considère l'escrime comme un simple passe-temps, rien de plus.

– Et si un jour votre vie était en jeu ?

– Ce serait différent, alors.

– Oh oh ? Avez-vous quelque botte que vous ne m'ayez pas révélée ?

Je le fixai droit dans les yeux, indécis quant au sens réel de sa phrase.

– Mon maître m'a enseigné qu'une botte secrète ne se révèle pas à l'entraînement.

Il approuva avec bonne humeur.

– Sage précepte. À une prochaine fois. Si vous le souhaitez, je suis ici chaque matin.

Sur ces mots, il ramassa ses affaires et quitta la salle.

À l'heure dite, je rejoignis Tchaïkovsky à la bibliothèque. Besicles sur le nez, il semblait absorbé par l'étude d'une pile de journaux posée devant lui. Du geste, il m'invita à m'asseoir.

– Piotr Illytch... Il y a du nouveau. Je...

– Un instant, un petit instant, dit-il sans daigner m'accorder un regard. Voilà qui est très intéressant. Nous les tenons. Cette bibliothèque est une véritable mine. Honneur à son conservateur ! Regardez ceci...

Il m'indiqua un article pleine page, au fronton duquel était apposée une galerie de portraits, trois hommes à la mine farouche, jeunes et grossièrement vêtus ; une femme, aussi, le chignon sévèrement tiré. Ce fut elle que je reconnus malgré la différence d'âge. Je ne pus retenir une exclamation : c'était bien elle qui figurait sur la photo retrouvée dans la cabine de Werner. Dessous, le titre s'étirait en caractères gras :

« COMPLOT CONTRE LE TSAR DÉJOUÉ PAR LA POLICE FRANÇAISE ! »

– Je lis abondamment la presse dans mon pays, précisa le compositeur. La nouvelle y a été diffusée. Le visage de cette femme m'avait frappé par sa beauté. Car elle est belle, n'est-ce pas ? Quel malheur qu'autant de cruauté, de dédain pour la vie humaine, puisse ainsi l'affliger. Tania Karakasova, tel est son nom. Elle a été arrêtée, elle et le réseau qu'elle dirigeait. La police dit qu'elle projetait de tuer Alexandre III. Cela date de février. Si vous lisez le compte rendu, il semblerait que la police soit parvenue à ce coup de filet grâce à un informateur. Nous ne savons rien de plus.

– La mort de Werner aurait un lien avec cette affaire ?

– Nous savons seulement qu'il connaissait les membres de ce réseau, et Tania Karakasova. Au moins les a-t-il rencontrés une fois, à Brailov. Il faut supposer qu'il avait gardé de ce séjour un bon souvenir, sinon il n'aurait pas conservé la photo. Qui sait s'il n'avait pas quelque penchant pour cette jeune fanatique ? Nous ne le saurons sans doute jamais…

– Piotr Illytch, ils nous ont à l'œil…

Je le mis au courant de l'écharpe noire trouvée sur ma porte, et aussi des entretiens que j'avais eus avec Buso et von Falsenberg qui n'avaient fait qu'ajouter à ma perplexité. Son visage s'assombrit.

– Sans doute cette écharpe noire est-elle un signal de grand danger pour vous. De mort peut-être. Il fallait s'y attendre. Personnellement, je ne crains pas la mort. L'ayant frôlée plusieurs fois, j'ai appris à la connaître. C'est une compagne familière. Mais pour vous, mon jeune ami, je crois qu'il serait sage de renoncer. C'est un avertissement dont vous devez tenir compte. Ne vous exposez plus. Nous avons affaire à forte partie. Buso a raison. Ces gens ont l'habitude de tuer. Je crois qu'ils nous feront disparaître sans hésiter si nous les serrons de trop près. Nul n'est à l'abri à bord de ce navire. Ils peuvent frapper où et quand ils le désirent. Werner a payé pour le savoir. Aussi...

Il replia le journal.

– Mieux vaut considérer notre tâche achevée... De toute évidence, nous avons levé un trop gros lièvre.

Je ne pus masquer ma déception. Bien sûr, je savais qu'il avait raison, que cette décision était la sagesse même. Mais renoncer si près du but... Allions-nous laisser ce crime impuni, alors même que nous connaissions une grande partie de la vérité ? Tchaïkovsky me parla longuement, et quand nous nous quittâmes, il avait su me convaincre en partie d'adopter une attitude plus prudente et de veiller sur moi.

À l'approche du crépuscule, l'océan se

creusa de nouveau. Le calme relatif de l'après-midi n'avait été qu'un répit. Cette fois, des éclairs embrasèrent l'horizon et le grondement du tonnerre se fit entendre au-dessus de nos têtes. L'étrave du *Bretagne* soulevait d'impressionnantes gerbes d'écume. Des montagnes d'eau balayaient le pont.

La plupart des passagers s'étaient retranchés dans leurs cabines, en proie au mal de mer. D'autres avaient préféré se rassembler dans l'un des salons où le roulis semblait plus supportable qu'ailleurs. Certains s'étaient réfugiés dans la chapelle où l'aumônier de bord célébrait une messe. Tous se demandaient si nous verrions jamais la fin de cette traversée. En proie à la migraine, ma tante elle-même s'était retirée aussitôt après le dîner.

Suivant les conseils du compositeur, j'avais décidé de ne pas m'isoler. Si je courais quelque danger, la présence des autres passagers était ma meilleure protection. Mais leur compagnie était par trop démoralisante. Je me risquai à flâner dans les coursives désertes. J'étais conscient du risque que je prenais. Si les gens de l'écharpe noire avaient décidé de m'éliminer, je leur offrais une cible rêvée. Qui, dans le tumulte de la tempête, s'apercevrait de ma disparition ? Mais c'était plus fort que moi. D'une façon ou d'une autre, je voulais provoquer le destin, voir ces hommes en face, ne fût-ce qu'un instant... Savoir. Comprendre. C'était devenu une obsession.

Mais rien ne se passa.

Au fil des heures, j'avais appris à maîtriser les spasmes de mon estomac. Je n'avais pas revu Tchaïkovsky depuis le matin. Il n'avait pas paru aux repas. Je n'osais aller frapper à sa porte, par crainte de le déranger. Comme je passais à proximité du salon de musique, mon oreille fut soudain attirée par le son du piano, dont les violents accords semblaient s'harmoniser au fracas de la tempête.

Je risquai un œil à l'intérieur de la pièce déserte, plongée dans une semi-obscurité. Quelle ne fut pas ma surprise de découvrir, se découpant dans la clarté crue des éclairs, la haute silhouette du compositeur arcbouté sur l'instrument. Cette vision avait quelque chose de grandiose et de désespéré. Comme égaré dans un rêve fou, l'homme semblait affronter les éléments, agitant ses mains au-dessus du clavier avec une fascinante virtuosité. Et cette musique qu'il semblait lancer à l'assaut du tonnerre, déchirante et tourmentée, évoquait irrésistiblement la lutte éternelle de l'être humain contre les forces contraires.

Combien en cet instant son expression était donc différente de celle à laquelle j'étais habitué ! Son visage tendu, blême, n'était plus qu'un masque de souffrance. Parfois, un rictus tordait le coin de sa bouche. Il haletait, rugissait, tout à son combat éperdu, féroce et quelque part voué à l'échec. Et lorsqu'il se tut enfin, à bout de forces, j'eus le sentiment que le mugissement du vent n'était plus tout à fait le même.

Sans doute avait-il senti ma présence depuis le début, car il se tourna lentement vers moi. Il transpirait. Ses yeux brillaient d'un éclat étrange.

– Ma nouvelle symphonie, déclara-t-il d'une voix grave, répondant ainsi à ma question inexprimée. Ce sera la dernière. Plus jamais je n'en composerai d'autre. De toute façon j'ai le pressentiment que je ne vivrai pas vieux. Je n'aurai bientôt plus rien à dire. Je suis comme un arbre qui saison après saison perd ses feuilles. Oui, bientôt, tout sera consommé.

Il eut un sourire résigné, se tourna à nouveau vers le clavier, et égrena une mélodie délicate, d'une nostalgie infinie qui me serra le cœur. J'eus le sentiment qu'en cet instant précis, le vieil homme m'ouvrait son âme, tant il me parut qu'il était tout entier dans sa musique, qu'elle ne faisait qu'un avec lui. Et toute la mélancolie, l'amertume du regard qu'il portait sur la vie se révéla à moi.

Il finit par refermer le couvercle de l'instrument.

– Je sens que je vais être malade, dit-il.

Il porta une main à son estomac.

Je me levai avec inquiétude.

– Désirez-vous que j'aille chercher des médicaments dans votre cabine ?

– Non, non, j'ai ce qu'il faut.

Il tira d'une de ses poches intérieures une petite flasque de cognac et l'avala d'un trait.

– J'ai l'estomac comme brûlé à l'acide. C'est ainsi depuis mon plus jeune âge. On n'y peut rien.

– Le mal de mer ? m'enquis-je.

– Le mal de vivre.

Ses yeux étaient rouges, comme s'il avait abondamment pleuré. Je le considérai avec une sorte de tendresse filiale.

– Quelle merveilleuse musique...

– Vous trouvez ? Ce n'est pas encore au point, hélas. Ce sera une symphonie à programme, et elle restera une énigme pour tout le monde. Qu'ils se cassent donc la tête à chercher. Je la dédierai à mon neveu Bob. Il me méprise, il se joue de moi, mais peu importe. Rien n'est pire que de n'être pas aimé des siens. Autant ne l'être par personne.

Il me dévisagea avec intensité. Ma compagnie semblait le réconforter.

– Cette tempête ne cessera donc jamais... maugréa-t-il. Je n'ai pas peur de mourir. Seulement cette souffrance continuelle... Il n'est pas un endroit à bord où l'on se sente soulagé. Von Falsenberg avait peut-être raison.

– À quel sujet ?

– J'aurais dû prendre un bateau allemand, et je le ferai pour mon voyage de retour. Croyez-vous que cette maudite coque de noix arrivera entière à New York ?

– Quelle raison d'en douter ?

– Toutes sortes de raisons. Je vois d'ici les manchettes : « le grand compositeur P. I. Tchaïkovsky disparaît dans un naufrage alors qu'il s'apprêtait à inaugurer le Carnegie Hall ». Bon sang, c'est que je suis attendu. Les billets ont tous été vendus.

En cet instant, je trouvai cette réflexion cocasse.

– Vous devriez vous allonger dans votre cabine.

– Je devrais, opina-t-il.

Il se laissa raccompagner docilement. Sans doute avait-il déjà beaucoup bu au cours de la soirée car il avait peine à mettre un pied devant l'autre. Il s'écroula sur son lit. Déjà somnolent, il bredouilla des phrases incohérentes, entrecoupées de gémissements. Je l'entendis distinctement prononcer le nom de la baronne von Meck, son ancienne protectrice, sur un ton de reproche. Puis il parut s'adresser à son père, évoqua certain jour d'hiver où on l'avait mis de force dans cette voiture bâchée qui partait pour Pétersbourg. Si jeune, si frêle…

Je me retirai sur la pointe des pieds.

# LES RATS DE LA CALE

Au petit matin, la mer s'était calmée comme par enchantement. La vie à bord put reprendre son cours normal. Les coursives retrouvèrent peu à peu leur affluence habituelle. Le *Bretagne* semblait n'avoir subi aucune avarie. Les pronostics de von Falsenberg avaient été déjoués. Fidèle à son habitude, ma tante dormit tard. Je l'avais peu vue, ces jours derniers. Elle avait lié connaissance avec des personnes de son âge, qu'elle retrouvait fréquemment dans le salon réservé aux dames et passait avec elles la plus grande partie de la journée. Elle ne m'en laissait que plus de liberté. Je m'étais bien gardé de lui raconter mon affaire. À quoi bon ? Elle n'en aurait sans doute pas cru un mot.

Je commençais à croire que l'écharpe noire n'avait été qu'un avertissement gratuit. Je ne m'en tenais pas moins sur mes gardes. J'évitais de rester seul et de surcroît, j'étais maintenant armé. J'avais emprunté à l'insu de ma tante un petit pistolet qu'elle emportait dans tous ses voyages. Il ne me quittait plus. Je ne pensais pas devoir m'en servir, mais sentir son poids dans ma poche me rassurait.

Tout en déambulant sur le pont, respirant à pleins poumons et jouissant du soleil revenu, je caressais l'espoir de rencontrer Tchaïkovsky. Désormais, il était mon seul confident. Je finis par le trouver, accoudé au bastingage, à l'endroit précis où Werner avait fait ses adieux à la vie. Il était aux prises avec Dambreuil qui le harcelait de questions, son inséparable carnet à la main.

– Monsieur Tchaïkovsky, quel est votre plat préféré ? Combien de cigarettes fumez-vous chaque jour ? Pourquoi votre femme ne vous a-t-elle pas accompagné ?

Agacé, le compositeur répondait laconiquement. Comme j'hésitais à m'en mêler, le journaliste se tourna vers moi.

– Ah ! Monsieur d'Entragues. Je souhaiterais prendre une photo de vous en compagnie de notre illustre compagnon de voyage, voulez-vous ? Maître, si vous voulez bien vous donner la peine…

Tchaïkovsky accepta de mauvaise grâce, en échange de sa promesse qu'il nous laisserait en paix. Nous prîmes la pose. La poudre-éclair explosa à deux ou trois reprises et nous crûmes en être quittes. Mais Dambreuil était du genre tenace.

– Avez-vous quelque nouvelle concernant l'argent qu'on vous a dérobé ? À combien se monte ce vol ? A-t-on dérobé quelque chose d'autre ? Peut-être le recueil de Pouchkine, que vous nous avez montré l'autre soir ? La fameuse photographie ?

Le visage de Tchaïkovsky s'empourpra. Je vis l'instant où il allait saisir l'importun et le jeter par-dessus bord.

– Allons, je ne suis pas si naïf, insista pourtant Dambreuil. Je suis convaincu qu'elle existe. Moi aussi, j'ai mené ma petite enquête. Et je crois que vous disiez vrai en affirmant que la mort de Werner n'est pas un suicide. Si nous échangions nos informations, ce serait dans un profit mutuel...

– Vous êtes trop curieux, répliqua sèchement le compositeur. Et peut-être est-ce vous qui en savez plus que nous tous sur le sujet. Sans doute grâce à vos visites dans les quatrièmes classes...

Le journaliste eut un sourire énigmatique :

– Voyons, monsieur Tchaïkovsky, ce n'est pas à vous que je vais apprendre qu'il suffit de glisser un billet au steward pour qu'il oublie de fermer certaine porte. Vous-même recourez à ce procédé, n'est-ce pas ?

– Je n'en fais aucun mystère.

– Eh bien ! d'autres que nous sur ce pont aiment s'encanailler dans les bas-fonds de ce navire. Il est vrai que l'ambiance y est moins guindée et que l'on s'y fait des relations très sympathiques...

– Qui, par exemple ?

– Oublions cela. Nous reprendrons cet intéressant entretien plus tard, voulez-vous ?

Coupant là, Dambreuil nous salua poliment et s'éclipsa, laissant notre curiosité sur sa faim.

– Fieffée crapule ! bougonna le Russe. Je suis sûr qu'il sait quelque chose...

– Vous avez dit vous-même que cette affaire ne nous concernait plus...

– Vous avez mille fois raison. Laissons cela.

Profitant du départ de Dambreuil, des curieux faisaient maintenant cercle autour de nous. On tendait au compositeur des livres, des menus, des cartes de visite, n'importe quoi où il pût apposer sa signature. Il s'extirpa de la mêlée avec mauvaise humeur et, me faisant signe de le suivre, se réfugia dans le salon de musique.

– Ne vous l'avais-je pas dit ? Voilà pourquoi je prends un nom d'emprunt lorsque je voyage ! Je ne vais plus pouvoir mettre le nez hors de ma cabine, à présent. Par chance nous touchons bientôt au but...

Il éclata de rire.

– Tout cela est de ma faute. Je suis un véritable panier percé. Voilà pourquoi je suis obligé de courir le monde. À mon âge, ce n'est pas raisonnable. Vous ai-je déjà parlé de Brahms ?

– Euh... non.

– C'est ma bête noire. Quand je suis de méchante humeur, je parle de Brahms. Et c'est le cas en ce moment. Voyez-vous, tout le monde dit que la musique de Brahms est la plus intellectuelle, la plus profonde qui soit ! Pfff... Tout y est factice et calculé. Elle me donne envie de vomir. Brahms est une sympathique grosse baderne, qui sait rouler sous la table aussi vaillamment qu'un Russe. Mais artistiquement, c'est une crapule. Mais vous ne m'écoutez pas, mon cher Sylvain. À quoi pensez-vous ?

– J'ai sans cesse l'impression d'être observé, avouai-je. Peut-être n'est-ce qu'un effet de mon imagination mais...

– Quoi de plus naturel ? Nos ennemis cherchent à savoir si la menace a produit son effet. Montrez-vous partout. Livrez-vous à des activités futiles. Participez aux loteries, donnez le change…

– Ne pensez-vous pas que nous devrions prévenir le commandant Fraget, en définitive ?

– Pas si nous tenons à rester en vie vous et moi.

Après le déjeuner, nous fîmes une partie de cartes. Buso se joignit à nous. Malgré l'antipathie que nous inspirait le personnage, Tchaïkovsky consentit à le laisser faire le troisième au whist. Je crois surtout qu'il mourait d'envie de sacrifier à sa passion. Car il aimait les cartes plus que tout autre passe-temps. Mais Buso parlait en jouant, ce qui finit par l'exaspérer. À la fin, n'y tenant plus, il se leva et, prétextant le besoin de faire la sieste, se retira.

– Quelle mouche l'a piqué ? s'étonna mon compatriote.

– Vous n'êtes pas au jeu, observai-je.

– Moi ? Mais j'ai perdu ! C'est lui qui a tout raflé.

– Il faut croire qu'il n'aime pas les victoires faciles. À vaincre sans péril, on triomphe sans gloire…

– Quel sale caractère ! Je vois avec satisfaction que vous avez suivi mon conseil…

Je le dévisageai avec acuité.

– À quel propos ?

– Votre enquête... Vous l'avez abandonnée, n'est-ce pas ?

– Définitivement. Ainsi que vous le voyez, je ne m'adonne plus qu'au whist, aux échecs, et à la lecture...

– À l'escrime aussi, m'a-t-on dit ? Von Falsenberg affirme que vous êtes une fine lame...

– Je préfère le pistolet, glissai-je avec intention.

– Je déteste les armes. Bien trop dangereuses à mon goût.

Il sourit et abattit les cartes qu'il tenait à la main. Il avait encore perdu.

– Presque autant que le whist...

Et sur ces mots, il prit congé.

« SI VOUS DÉSIREZ EN SAVOIR PLUS SUR CEUX DE L'ÉCHARPE NOIRE, VENEZ CE SOIR À ONZE HEURES DANS LA CALE N° 7. NE DITES RIEN À PERSONNE. »

Je sentis mon sang se figer dans mes veines. Je jetai un rapide coup d'œil par-dessus mon épaule. Personne. Qui avait pu glisser ce billet sous ma porte ? Je lus et relus le message, incapable d'éclaircir mes propres sentiments. Il y avait la peur, bien sûr, une peur blême, qui me serrait la gorge et paralysait mes membres. Mais au-delà, rien n'aurait pu attiser davantage mon désir de connaître le fin mot de cette histoire. L'auteur de ces mots devait le savoir. Il misait sur cela. Que faire ? Ce rendez-vous pouvait tout aussi bien être un piège. N'était-ce pas ainsi que Werner avait été attiré sur le pont ce soir fatidique ? Quelque billet semblable à celui-ci, glissé sous sa porte…

Ma tante avait déjà éteint sa lampe. Je consultai ma montre. J'avais encore une heure devant moi. Je tournais dans ma chambre, rongé par l'indécision. La curiosité me dévorait comme un poison, à tel point qu'elle finit par l'emporter sur toute autre considération. Je vérifiai le chargeur de mon petit pistolet. Il ne faisait guère impression, mais son calibre était suffisant pour blesser sérieusement un quelconque agresseur.

J'étais dans un état indescriptible. J'avais banni toute prudence. Je me sentais capable d'affronter les pires dangers, et même de mettre ma vie en jeu.

Je ressortis sans bruit. J'eus un instant l'idée d'aller frapper à la porte de Tchaïkovsky, afin de l'avertir. Mais je redoutais qu'il décourage mon entreprise. Non, je devais aller seul. Jusqu'au bout. C'était fou. Mais j'étais jeune, agile, et de surcroît armé. Je parvins à me convaincre que je ne courais pas un si grand danger.

Je n'avais aucune idée de l'endroit où se trouvait la cale n° 7. Je dus m'en référer au plan de bord pour découvrir que c'était un compartiment de matériel situé à l'avant du bateau, non loin des quatrièmes classes. Je me mis en route sur-le-champ. Je n'eus aucune peine à découvrir la fameuse porte offrant l'accès aux ponts inférieurs. J'abandonnai donc le confort rassurant, l'ambiance feutrée des premières classes pour m'enfoncer dans les entrailles du navire. À la moquette et aux tapisseries succédèrent bien vite les murs peints et la tôle boulonnée, aux brillants lustres de cristal l'éclairage blafard, inquiétant des ampoules nues.

À mesure que je descendais, un autre monde s'ouvrait à moi. Ici, on parlait fort. La lumière crue, blafarde, donnait aux gens une pâleur étrange. Les passagers que je croisais me prêtaient à peine attention. On parlait toutes les langues : italien, espagnol, anglais, français. On riait, on se saoulait, on flirtait. On évoquait cet immense pays où la place était assez grande pour que chacun puisse y trouver son compte, où tous les espoirs pouvaient se réaliser.

J'atteignis le dernier pont. Les coursives

étaient peuplées de monde comme ces rues louches du côté de Montmartre. Dans une vaste salle régnait une animation digne du Moulin Rouge. Un grand type mince, à la moustache cirée, melon sur l'oreille, jouait sur un abominable piano. Des filles en jupons exécutaient un french cancan endiablé sur une estrade improvisée. Il s'agissait d'une petite troupe de cabaret qui, ayant un contrat en poche pour se produire à New York, profitait de l'occasion pour roder son spectacle. Cela sentait le tabac, l'ail et d'autres odeurs moins identifiables.

Dans le fond, des couchettes rudimentaires s'étageaient jusqu'au plafond. Des hommes étaient parqués là, tel du bétail. Certaines expressions ne faisaient pas mystère de l'angoisse et du dénuement dans lesquels se trouvaient ces émigrants. Assis à même le sol ou sur des ballots, certains spectateurs battaient pourtant des mains en cadence. Si le navire plongeait soudain vers l'avant, on criait et on chantait plus fort. Quelque part, de jeunes enfants pleuraient.

J'eus bien du mal à me frayer un passage. Suivant le plan, je descendis un escalier étroit et visqueux qui menait aux cales. Il me conduisit dans un corridor lugubre, chichement éclairé, traversé de tuyauteries. Les armatures de métal gémissaient. Le plancher métallique vibrait sous les coups de boutoir des machines. L'idée me traversa que je me trouvais sans doute à plusieurs mètres en dessous du niveau de la mer. De l'autre côté de ces parois, l'élément liquide, noir, glacé, insondable…

Je chassai cette pensée. J'avançai avec plus d'assurance. La porte n° 7 avait été laissée ouverte. Je m'approchai avec circonspection. C'était une salle immense, plongée dans l'obscurité. Je grattai une allumette. Je découvris une lanterne laissée sur un tonneau et fis de la lumière. Il était onze heures passées de quelques minutes, et l'endroit semblait désert.

– Il y a quelqu'un ?

Seul me répondit l'écho tremblant de ma propre voix. Je décidai de jeter un coup d'œil derrière les hautes caisses et les rouleaux de cordages. Je les contournai avec prudence, redoutant que quelqu'un fût tapi ici, prêt à bondir sur moi. Je commençais à croire à une plaisanterie, lorsque je butai contre une masse. Je fus saisi d'effroi. Un corps était étendu là, celui d'un jeune homme en uniforme de steward. Il portait une profonde blessure à la tête et sa figure était maculée de sang. Geraldo. Déjà ses yeux vitreux étaient tournés vers un autre monde.

J'essayai de comprendre ce qui avait pu se passer. Le message émanait-il de lui ? Avait-il voulu me prévenir de quelque danger, ou accablé par le remords, se confesser à moi ? Du moins avait-on veillé à ce qu'il ne parle pas. Pourtant je n'eus guère le loisir de réfléchir plus avant. Un mouvement furtif se produisit juste derrière moi. Je fis volte-face. Tout se passa si vite que je ne réalisai pas ce qui arrivait. J'entrevis un visage livide, grêlé, un bras qui levait sur moi une barre de fer. Je n'eus que le temps de tirer mon pistolet. Le coup partit. Un cri. Mon agresseur se rejeta vivement en arrière.

– Arrêtez ! criai-je. Arrêtez-vous !

Je m'emparai de la lanterne, juste à temps pour voir une silhouette s'enfuir. Je me lançai à sa poursuite. Il n'avait que quelques mètres d'avance. Je pouvais l'entendre haleter. Le bruit de nos pas précipités résonnait sur le sol métallique. Il s'engouffra dans l'escalier. Un rai de lumière. Une porte claqua. Je bondis sur ses talons. Je débouchai dans la salle de bal improvisée. Le french cancan battait son plein.

Je jurai entre mes dents. Où était passé mon homme ? Comment l'identifier parmi cette foule bruyante et bigarrée ? Je ne l'avais aperçu qu'une fraction de seconde. Je scrutai les visages rieurs autour de moi, traquant un regard, une expression susceptible de trahir l'un d'eux. Je commençais à croire qu'il s'était volatilisé lorsque soudain, en me retournant, il me sembla... Une figure vérolée, blanche, dissimulée parmi un groupe de jeunes gens en grande conversation.

Autour de moi, une farandole s'était formée, qui essayait de m'entraîner dans son tourbillon échevelé. Je tentai de me dégager. En vain. Le temps d'un battement de cils, l'homme avait disparu. Une main tomba sur mon épaule. Je me retournai, prêt à riposter. Quelle ne fut pas ma surprise de reconnaître Tchaïkovsky ! Cravate défaite, les joues rouges, il brandissait un verre. Il semblait fin saoul. Une fille s'accrochait à son épaule, riant bêtement.

– Par exemple ! Mon jeune ami détective ! Permettez-moi de vous présenter Gilda, une... une bonne amie à moi ! Venez, tout le monde s'amuse, ici. Joignez-vous à nous. Qu'est-ce que la vie ? Un jeu ! Ah ah ! Jouir de l'instant ! Puisque demain, nous savons devoir mourir !

Pivotant sur les talons, il me planta là et se noya dans la farandole.

Le commandant Fraget me considéra avec un mélange de scepticisme et d'ironie. L'histoire que je venais de lui conter ne semblait pas réellement le convaincre. Pourtant, mon éloquence dut semer un doute dans son esprit car, abandonnant la manœuvre à son second, il désigna une escorte de deux solides matelots :

– J'espère pour vous, monsieur d'Entragues, qu'il ne s'agit pas d'une blague de potache, ou sur mon honneur, je vous jure que vous finirez le voyage à fond de cale.

J'extirpai de ma poche le billet.

– Et cela, l'aurais-je rêvé ? Je suis certain que c'est ce malheureux qui l'a écrit. Il désirait m'apprendre certaines choses, j'en suis sûr…

– Je ne connaissais pas ce garçon personnellement, monsieur d'Entragues… : l'équipage est composé d'une centaine de personnes. Mais ce qui est certain, c'est que tout homme à mon bord est trié sur le volet. Or, vous voulez me convaincre que ce dénommé Geraldo faisait partie d'une machination ?

– Je n'en sais rien. Peut-être n'était-il que le témoin involontaire de ce qui s'est passé…

– L'accident de M. Werner, vous voulez dire ?

– Ce n'était pas un accident. Mais Geraldo est mort, cela au moins, je peux l'attester. Je vous en prie, dépêchons-nous.

Je n'avais pas tort de me hâter. Quand nous fîmes irruption dans la cale n° 7, elle était déserte. Il ne subsistait aucune trace du cadavre. Le commandant ne manqua pas de me dévisager d'un air menaçant.

– Bien. Où se trouve le corps ?

– Je n'en sais rien. Ils l'auront fait disparaître...

– ILS ? Mais allez-vous me dire à la fin de qui il s'agit ?

– L'Écharpe Noire. Il s'agit d'un groupe de comploteurs et d'assassins, voilà tout ce que je peux dire. Ils se sont introduits à bord dans le but d'assassiner M. Werner. Pendant une seconde, j'ai vu l'homme qui a tué Geraldo. Il était caché derrière moi. Il a tenté de m'assommer, et si je n'avais été armé, il aurait sans doute réussi. Plutôt grand, bien bâti, le visage couvert de vérole... chemise marron et portant une casquette de cuir.

– Quelle précision ! Et vous dites ne l'avoir vu qu'une seconde ?

– Je suis très physionomiste. Assez pour être certain d'avoir déjà rencontré cet homme à bord. L'ennui est que je ne me rappelle pas quand... Il suffirait de fouiller chaque cabine, de vérifier la liste des passagers et enfin de…

– Seriez-vous devenu fou ? Avez-vous une idée de la panique qui s'ensuivrait ? Nous serons bientôt à New York.

– Mais il y a eu meurtre. Et par deux fois !

– Avec votre permission, monsieur d'Entragues, en ma qualité de commandant de ce navire, je me réserve le choix sur la façon de procéder. Et croyez-moi, je ferai la lumière sur tout ceci avant notre arrivée. En attendant, je vous serais très obligé de regagner votre cabine. Et d'y rester. Je ne tiens pas à trouver un détective en herbe dans mes jambes. Ni de nouveaux rats dans la cale.

# UN BAL MASQUÉ

Sur le coup de neuf heures le lendemain, deux coups légers furent frappés à ma porte. Tchaïkovsky se présenta, vêtu d'un costume de velours gris, toujours aussi élégant, soigné. Rien à voir avec le soudard que j'avais rencontré hier soir traînant en quatrième classe. Il semblait d'humeur guillerette. Il déposa sa canne et son chapeau en sifflotant.

– Vous venez rendre visite au prisonnier ? lançai-je sur un ton amer.

– Prisonnier ? Seriez-vous aux fers ?

– Non, mais c'est tout comme. Ma tante a eu vent de mon escapade de cette nuit. Elle m'a consigné. Heureusement, elle ne sait rien de ce qui s'est vraiment passé…

– Je m'inquiétais de ne vous voir paraître au petit déjeuner. J'ai donc interrogé le personnel, qui soit dit entre nous m'est plus fidèle et dévoué qu'à son propre commandant. Je suppose que c'est l'effet magique des généreux pourboires que je laisse sur les tables. Les Français raffolent des pourboires. J'ai appris les événements de cette nuit. Je suis navré de ne vous avoir été d'aucune aide. Vous avez couru un gros risque…

– Je devais savoir. Il le fallait. Et je ne m'en tiens pas quitte pour autant… J'ai pu identifier mon agresseur. Il ne tient qu'au commandant de le retrouver.

– Cela prendra du temps. Il est aisé de se cacher à bord d'un navire. Et nous serons bientôt à New York. Une affaire de deux ou trois jours peut-être.

Je le dévisageai. Je n'arrivais pas à effacer la vision que j'avais eu de lui cette nuit, tandis qu'il braillait, complètement ivre, avec cette fille au bras. Était-il possible que deux personnages si différents puissent cohabiter dans un seul être ?

Tchaïkovsky dut suivre le cheminement de mes pensées, car il lâcha :

– Euh, je vous dois une explication. En fait, hem… vous m'avez vu en compagnie de… d'amies et… Je suis si malade loin de mon pays… Cela m'a redonné le courage d'affronter tous ces gens inconnus qui m'attendent à New York, et dont je ne sais rien. Je suis terriblement angoissé. Je voudrais que nous n'arrivions jamais.

Un sourire triste passa sur ses lèvres et il ajouta :

– Plus tard, Sylvain, vous apprendrez qu'il faut juger un homme à l'aune de ses insuffisances et non de ses excès…

Puis changeant de ton :

– Votre tante aura-t-elle la cruauté de vous priver du bal masqué de ce soir ?

– Non, mais elle me surveillera de près, à n'en pas douter. Quoi qu'il en soit, je n'ai pas le cœur à danser.

– Vous avez décidément les idées sombres. Que diriez-vous d'une promenade sur le pont ?

J'acceptai sans enthousiasme. Tandis que nous déambulions au grand air, je lui narrai scrupuleusement les événements de la soirée. Il m'écouta avec la plus grande attention, hochant la tête de temps à autre.

– Je vous crois, dit-il simplement. Mais à l'heure qu'il est, le cadavre de ce pauvre garçon doit flotter entre deux eaux à des milles derrière nous. Terrible…

– Mais pourquoi personne ne veut donc ouvrir les yeux sur ce qui se passe ?

– J'admets volontiers que le commandant Fraget est un imbécile. Mais c'est un honnête homme. Il faut le comprendre. Il a la responsabilité de quelque mille âmes. Il ne veut pas courir le risque de créer une panique. Ne croyez pas cependant qu'il va rester inactif. Il va faire chercher Geraldo, et quand il sera convaincu de la véracité de vos dires... Tôt ce matin, j'ai jeté à nouveau un coup d'œil sur les journaux récents. Bien sûr, ils ne citent pas nommément l'Écharpe Noire. Mais avouez que la coïncidence est troublante. J'ai acquis la conviction que d'une façon ou d'une autre, la mort de Werner est liée à l'arrestation du réseau de terroristes russes à Paris. Ce mouchard qui aurait dénoncé ses complices et permis ce coup de filet...

– Quoi ? Ce serait lui ? Werner ? Mais il est Allemand, pas Russe !

– Je n'ai pas de certitude absolue. Mais réfléchissez. Je vous ai déjà parlé de la trop fameuse *Narodnaïa Volia,* la « Volonté du Peuple », la très puissante organisation nihiliste. Elle prône la destruction de tout système établi, en rêvant que du chaos renaîtra une sorte de paradis égalitaire ! Le terrorisme est son invention. Elle étend ses ramifications partout en Europe. Elle peut frapper où et quand elle le désire... C'est elle qui a assassiné Alexandre II en 1881, et revendiqué depuis toutes sortes d'actions sanglantes, aveugles. Elle hait Alexandre III. À de nombreuses reprises, elle a attenté à sa vie. Sans doute l'Écharpe Noire n'est-elle qu'un de ses innombrables bras armés. La police secrète du tsar a démontré que certains états étrangers soutenaient financièrement de tels groupes. Car la Russie sombrant dans la guerre civile, d'autres nations en profiteraient pour asseoir chez nous leur influence. L'Allemagne, la Turquie, le Japon, le choix est vaste !

– L'Allemagne ?

Il poussa un soupir :

– Ah ! Mon jeune ami... La grande Allemagne a toujours eu sur la Russie un regard de convoitise. Depuis Catherine la Grande jusqu'à ce jour, les Allemands ont désespérément cherché à se mêler de nos affaires. Russes et Allemands sont des rivaux naturels. Le tsar n'est pas dupe de leurs manœuvres. Je le sais car il me l'a dit...

Comme j'ouvrais des yeux étonnés, il poursuivit :

– Il m'a reçu à plusieurs reprises dans son palais de Gatchina. Savez-vous qu'il joue du trombone et du cornet à pistons en cachette de ses sujets ? Nous en avons bien ri. Il est aussi d'une telle maladresse que la tsarine a fait mettre toute sa vaisselle sous vitrines ! Mais ces dernières années, nous nous sommes un peu éloignés l'un de l'autre. En somme, j'ignore pourquoi. Il aimait ma musique, dans le temps.

Depuis, il a changé. Les mauvaises langues font parfois plus que les épées. Mais la menace permanente des nihilistes l'oblige à vivre constamment entouré de gardes. Son palais est devenu une forteresse. Il ne boit pas un verre de vin qui ne soit au préalable goûté.

– Quoi qu'il en soit, Werner a su échapper aux mailles du filet, à Paris, lui et certains de ses complices. Et tout ce petit monde s'est retrouvé à bord de ce navire pour régler quelques comptes.

– Je suppose qu'un homme comme Werner devait avoir des ennemis dans chaque camp. Il évoluait dans un milieu trouble où la trahison et les ralliements de circonstance sont monnaie courante... Que diriez-vous d'un whist avant le déjeuner, pour nous changer les idées ?

Je ne sais quelle intuition me poussa à regarder par-dessus mon épaule. Je ne pus retenir une exclamation. Une fraction de seconde, j'aperçus sa figure grêlée, effrayante, qui nous observait derrière un hublot. Je crus que mon sang se glaçait.

Le temps de réaliser, l'affreuse vision s'était dissipée.

– Que se passe-t-il ? demanda Tchaïkovsky. Vous êtes livide. On croirait que vous avez vu un fantôme !

– Pire encore, répondis-je.

Décidément, l'anonymat que s'était promis de conserver mon célèbre ami jusqu'à notre arrivée à New York n'avait pas fait long feu. La nouvelle s'était répandue comme une traînée de poudre : ce Russe courtois, discret, tiré à quatre épingles, n'était autre que le grand compositeur Piotr Illytch Tchaïkovsky. Aussi, ce soir-là, quand il fit son apparition, sur le coup de neuf heures, l'orchestre cessa de jouer, les danseurs de danser, et chacun applaudit à tout rompre.

Embarrassé autant qu'agacé par cet accueil inattendu, Tchaïkovsky ôta le loup dont il s'était affublé pour la circonstance et s'inclina gauchement, avec raideur, tandis que le rouge lui montait aux joues. Il fut entouré, félicité, comblé de louanges. Tout en agitant son éventail, ma tante fit la moue :

– Regarde donc ces imbéciles, maugréa-t-elle. Hier encore ils passaient devant lui sans même répondre quand il les saluait. Aujourd'hui, il n'aurait qu'un mot à dire pour qu'ils rampent à ses pieds.

Pour marquer l'occasion, le chef d'orchestre lui tendit respectueusement sa baguette. Il ne put faire autrement que d'accepter. Sous sa direction, les musiciens exécutèrent la valse de *la Belle au bois dormant,* le dernier ballet du compositeur créé depuis peu à Saint-Pétersbourg. Quand une fort jolie femme trouva l'audace d'inviter le héros du jour, là encore, il ne se fit pas prier. Il semblait avoir à cœur de ne vexer personne. On ne peut imaginer avec quelle grâce dansait cet homme. Très droit, fixant sa partenaire dans les yeux, il émanait alors de sa personne une assurance, une noblesse incomparables. Les autres firent cercle autour du couple.

Ma tante ajusta ses lorgnons et esquissa un sourire :

– Oui, je me souviens, murmura-t-elle, perdue dans ses souvenirs. C'est ainsi que je l'ai vu autrefois, à la cour impériale. Il dansait avec une certaine princesse Mania dont on assurait qu'il était épris. Regarde-le bien. Comme il semble triste, même ainsi. Cela m'avait frappée la première fois. On jurerait qu'il porte un masque. S'il est des gens qui n'ont jamais été visités par le bonheur, il en fait partie, certainement.

– Quoi ? Mais vous saviez donc qui il était depuis le début ? Et vous n'avez rien dit ?

Elle haussa les épaules.

– Ce n'eût pas été de bon ton. Et le bon

ton, vois-tu mon cher enfant, est le principe même de la bonne compagnie. S'il désirait se faire appeler Petrovsky, après tout…

– Croyez-vous qu'au fond de lui-même il soit si malheureux ? Il semble parfois si joyeux, si insouciant…

– Chez l'homme, comme chez le clown, le sourire est souvent là pour dissimuler les larmes.

Je dévisageai ma tante avec étonnement. Elle semblait émue. Elle fit mine d'étouffer un bâillement :

– Je suis lasse. Ces bals ne sont plus de mon âge. Autrefois, je pouvais danser des nuits entières, et je ne manquais pas de cavaliers pour me faire oublier le temps qui passe. Tout cela est bien fini. Je vais me coucher. Ne fais pas de bruit en rentrant. Et n'abuse pas du champagne !

Je promis tout ce qu'elle voulut. J'étais bien trop heureux qu'elle me laissât ici. Tchaïkovsky parvint à se dégager de l'étau de ses admirateurs empressés et m'apercevant, vint vers moi.

– À quoi bon porter un masque dans un bal masqué si chacun doit vous reconnaître ? bougonna-t-il en jetant son loup dans un seau à champagne.

– Quel effet cela doit faire d'être adulé et fêté partout… soupirai-je.

– Mon garçon, la gloire est comme certaines de ces femmes, qui de loin semblent le charme et la beauté incarnés. Mais sitôt qu'on les tient entre ses bras, que reste-t-il sinon un corps sans âme ? La gloire est un rêve, une illusion. Si vous saviez comme tout cela me pèse, comme j'aimerais être loin d'ici, chez moi, en Russie, à composer. Heureusement que ce voyage s'achève. À partir de maintenant, je ne pourrai plus faire un pas sans être importuné. Voyez-les comme ils me guettent déjà… Si je tenais celui qui a vendu la mèche !

Nous étions en effet la cible de tous les regards.

– Sortons, décida-t-il soudain. J'étouffe…

La brise marine nous fit du bien à tous deux. Penchés au bastingage, nous restâmes un long moment sans rien dire, chacun de nous perdu dans sa rêverie. Il rompit soudain le silence :

– Tout sera bientôt fini.

J'attendis qu'il précisât sa pensée, mais rien ne vint. Il eut un haussement d'épaules.

– Je vais nous chercher une bouteille de champagne.

Je restai seul, méditant sur cette phrase qui semblait avoir échappé du plus profond de sa pensée. Soudain, j'eus la sensation diffuse de n'être plus seul. Je me tournai d'un bloc. J'ouvris la bouche pour crier, mais l'homme était déjà sur moi. Il me saisit à la gorge avec une force prodigieuse. Je fis front. Peine perdue. Profitant de son avantage, il me soulevait peu à peu, cherchant à me faire basculer par-dessus bord.

Je m'accrochai désespérément au bastingage. Et en cet instant où ma vie se jouait, je compris pourquoi lors du « suicide » de Werner, la rampe portait des traces de sang. C'est ainsi que le malheureux avait sans doute péri. Comme moi, il avait tenté de se retenir, jusqu'au dernier moment, s'écorchant les mains sur le métal.

Le visage grimaçant de l'homme était penché au-dessus du mien. Je pouvais sentir son haleine. Je voyais le moment où, à demi inconscient, l'abîme s'ouvrirait sous moi. Puis un choc sourd se produisit, et comme par enchantement, l'étau qui m'étouffait se relâcha d'un coup. Je dus cligner plusieurs fois des yeux pour distinguer enfin ce qui s'était passé. Buso avait encore la crosse de son revolver levé. Il en avait assené un tel coup sur le crâne de mon adversaire que celui-ci gisait à mes pieds, inconscient.

– Mais qu'est-ce que… Monsieur Buso ?

– Non pas « monsieur Buso », mais inspecteur Buso, de la Sûreté.

À cet instant précis, le commandant Fraget arriva, entouré de quelques solides matelots.

– Nous le tenons, en fin de compte. Heureusement que vous vous trouviez là, inspecteur…

– Je ne quittais pas notre jeune ami d'une semelle, dit Buso. Je savais qu'ils s'en prendraient à lui avant notre arrivée. Quant à celui-là, mettez-le à fond de cale. Nous le remettrons aux autorités américaines dès notre arrivée. Votre témoignage, monsieur d'Entragues, nous sera précieux, cela va sans dire…

Tchaïkovsky nous rejoignit sur ces entrefaites, une bouteille de champagne à la main. Il considéra la scène avec stupeur.

– Seigneur, qu'est-il arrivé ? Êtes-vous blessé, Sylvain ?

Je signifiai que non. J'avais encore du mal à reprendre mon souffle. Le commandant donna un ordre. L'homme au visage grêlé, encore inconscient, fut emmené. Buso me dévisagea avec désapprobation :

– Monsieur d'Entragues, je vous avais pourtant prévenu de vous tenir à l'écart de cette affaire, mais bien sûr, vous n'avez voulu en faire qu'à votre tête. Vous avez eu beaucoup de chance. À présent, je vous dois une explication. Et à vous, monsieur

Tchaïkovsky… Peut-être avez-vous entendu parler de l'arrestation récente d'un réseau de nihilistes à Paris, le mois dernier. Cela a fait les grands titres…

Le compositeur me coula un regard entendu.

– En effet… Ne s'apprêtaient-ils pas à commettre un attentat contre le tsar ?

– Nous n'avons déjoué leur complot que parce que l'un des leurs, l'homme que vous connaissez sous le nom de Werner, a, comme on dit dans notre jargon, mangé le morceau. Nous l'avons intercepté alors qu'il revenait de Suisse, porteur d'une forte somme. Nous l'avons cuisiné. Il a cédé. Il nous a raconté son rôle au sein de l'organisation connue sous le nom de *Narodnaïa Volia*. Il était chargé de certains transferts de fonds et de documents délicats, pour un groupe de combat appelé l'Écharpe Noire. En fait, c'était un agent de l'Allemagne.

– Oh, ceci, nous l'avions découvert également, fit Tchaïkovsky non sans emphase.

– À ce titre, Werner faisait la navette entre Berlin et Paris, ou Genève, ou Saint-Pétersbourg. Il nous a livré des noms, en échange de l'impunité. Nous avons accepté compte tenu des circonstances. Après l'arrestation du réseau, nous lui avons donné un nouveau passeport, de l'argent et l'avons fait embarquer pour l'Amérique, pensant que c'était la seule manière pour lui d'échapper à la vengeance de ses anciens complices. Car si nous avons pu arrêter Tania Karakasova et ses plus fidèles lieutenants, l'Écharpe Noire n'est pas pour autant démantelée. J'étais chargé d'escorter Werner à bon port. Lui-même l'ignorait. Ainsi que vous le savez, j'ai échoué. Ses anciens amis ont dû avoir vent de ce projet. Ils l'ont rattrapé et exécuté. Quand vous vous êtes mis en tête de jouer les détectives, j'ai d'abord trouvé cela bien embarrassant. Car il va sans dire que cette affaire relève du secret d'État. En somme, la version accidentelle de la disparition de Werner contentait tout le monde. Puis je me suis dit qu'en remuant ainsi cette histoire, vous finiriez tôt ou tard par contraindre les auteurs de cet assassinat à se découvrir. Et cela n'a pas manqué.

– Pourquoi ont-ils éliminé Geraldo ?

– Selon toute vraisemblance, ce pauvre garçon en avait trop vu. Ceux de l'Écharpe Noire l'ont d'abord contraint à collaborer. Je suppose que c'est son passe qui a ouvert les cabines cambriolées, et facilitait les déplacements du tueur d'un pont à l'autre. Puis quand il est devenu trop bavard, ils ont décidé de l'éliminer. À ce propos, monsieur Tchaïkovsky, peut-être serait-il souhaitable que vous me rendiez le recueil et la photographie que vous avez subtilisés dans la cabine de Werner, au nez et à la barbe du commandant…

Le compositeur prit un air dégagé.

– Certes. J'ai toujours la photo. Pour ce qui est du recueil, il m'a été volé. J'ai d'ailleurs beaucoup réfléchi à ce sujet. Je suppose qu'il revêtait plus d'importance que nous ne le pensions. Peut-être recelait-il des noms en langage codé ou que sais-je encore…

– Merci de votre inestimable concours, maître, fit Buso, acerbe. Mais c'est désormais à la police d'établir ce genre de choses. À ce propos, pouvez-vous me rendre cette fameuse photo ? Elle a son importance.

– Maintenant que j'y réfléchis, je crains de l'avoir égarée…

– Vraiment ?

– Vraiment.

Le policier soupira.

– Enfin, nous tenons l'assassin. Il est probablement Russe. Espérons qu'il dénoncera ses éventuels complices…

À cet instant précis, le commandant Fraget réapparut, visiblement bouleversé :

– Inspecteur, c'est terrible !

– Quoi donc !

– L'homme… Il est mort. Il a avalé une capsule de poison…

Buso eut une mine dépitée.

– Bon sang, ne vous avais-je pas dit de le surveiller de près ? Ces fanatiques sont prêts à tout. Il a préféré la mort plutôt que courir le risque de trahir les siens. À présent, nous aurons beaucoup de mal à connaître l'identité de ses complices.

– Il y en a au moins un, bredouillai-je. Et il ne doit pas être loin… affirmai-je. Je suis stupide de n'avoir pas fait le rapprochement plus tôt… L'homme au visage grêlé… Je l'avais déjà vu auparavant. Le premier soir, alors que je me promenais sur le pont, il parlait avec un autre homme. Et je me demande…

Je revis la scène, les gestes des deux interlocuteurs, le visage grêlé à la lueur du briquet et soudain… un détail me revint à la mémoire. Bien sûr, je n'y avais pas prêté attention sur le moment, mais à présent… J'en eus froid dans le dos.

Buso me prit par l'épaule.

– Eh bien mon garçon, vous ne vous sentez pas bien ?

J'acquiesçai vaguement.

– Vous êtes commotionné. Le mieux serait que vous consultiez le médecin de bord… Ne vous inquiétez pas. Nous poursuivons notre enquête. Mais par pitié ne vous en mêlez plus…

Et sur ces mots, Buso tourna les talons et suivit le commandant en bas sur les lieux du drame.

Tôt le lendemain matin, je descendis à la salle de gymnastique. Ainsi que je m'y attendais, le colonel von Falsenberg, vêtu d'une simple chemise, s'entraînait au fleuret devant le grand miroir. M'apercevant, il s'interrompit aussitôt et vint vers moi, détendu et souriant.

– Monsieur d'Entragues ! Quel plaisir de vous revoir…

Il n'y avait dans sa voix nulle trace d'embarras ou d'inquiétude.

– J'ai passé une mauvaise nuit, expliquai-je.

– Vraiment ? N'êtes-vous pas à l'âge où l'on s'endort encore sans souci ?

– Le champagne, sans doute. Je n'ai pas l'habitude.

– Elle viendra. Le goût pour ces choses apparaît quand d'autres passent d'envie. Je vous aime bien, monsieur d'Entragues. Savez-vous que nous sommes seuls à bord à partager un secret capital…

Ma gorge se serra.

– Et… lequel ?

– Eh bien, qu'il existe sur ce navire une salle de gymnastique ! Avez-vous remarqué ? Il n'y vient jamais personne. Me ferez-vous encore le plaisir de croiser le fer avec moi, ce matin ?

– Certainement.

Il me tendit l'une de ses lames. J'ôtai ma veste et m'astreignis à quelques assouplissements.

– En garde, mon cher !

Je me concentrai au maximum. Je n'avais pas l'intention de me laisser surprendre comme la fois précédente. Von Falsenberg cisailla l'air de coups en écharpe, m'obligeant à rompre. Je contrai d'une fente de côté. L'acier tinta sèchement. Posément, je testai chacune des défenses de mon adversaire. De son côté, il semblait vouloir faire durer le plaisir, se contentant de parer. Je décochai soudain mon attaque : un pas de côté, touche par-dessous. Il se dégagea avec une certaine brusquerie.

– J'ai pêché par orgueil, avoua-t-il avec un brin de dépit. On ne se méfie jamais trop des jeunes gens. Je vois que vous avez retenu mes leçons.

Il reprit ses marques. Bondissant tel un tigre, il me força cette fois à reculer, sans me laisser le temps de m'organiser. Je fus contraint de sortir des limites du tapis. Je crus qu'il allait rompre l'assaut, selon l'usage, mais il n'en fit rien. Il m'accula contre les espaliers. Je ne me dégageai que par miracle.

– Tout terrain ! lança-t-il.

Sans me donner le loisir de donner mon assentiment, il me poursuivit à travers toute la salle. Je n'arrivais qu'à grand-peine à contenir sa hargne. J'avais parfaitement conscience qu'il ne s'agissait plus d'un exercice. Nous luttions au maximum de nos possibilités. Que se passerait-il s'il prenait ma garde à défaut ? Je ne portais aucune protection.

Je me réfugiai derrière le cheval d'arçons.

– Ah ah ! Je vous vois à la peine, mon cher jeune homme !

Fléchissant sur mes genoux, je me glissai vivement sous l'appareil et le piquai à la cuisse. Il se recula, médusé.

– C'est un coup déloyal, observa-t-il.

– Tout terrain, répondis-je.

Promptement, je pris possession du centre de la pièce. Je n'avais nullement l'intention de m'en laisser conter. Une sorte de colère froide m'avait envahi. Nous nous retrouvâmes face à face, faisant tourner nos lames. Nous devions ressembler à deux cobras prêts à mordre. Il prit à nouveau l'initiative.

Mais emporté par son élan, il glissa légèrement. Je saisis l'opportunité. Faisant décrire un éclair à ma lame, je touchai au cœur.

Von Falsenberg demeura immobile, un genou à terre, comme s'il s'attendait à ce que je lui donne le coup de grâce. Je m'écartai d'un pas et le saluai ainsi qu'il est de convenance après un assaut. Cela le fit sourire.

– Mes félicitations, jeune homme. Dommage que notre voyage se termine. Je regretterai un adversaire tel que vous. À propos, avez-vous découvert le prétendu meurtrier de ce pauvre M. Werner ?

Je le fixai droit dans les yeux.

– La vérité m'oblige à dire que c'est lui qui m'a trouvé. Mais il est mort. Il s'est suicidé peu après son arrestation. Peut-être la police arrivera-t-elle à l'identifier, néanmoins.

– C'est une plaisanterie ? Voudriez-vous me faire croire qu'il existait réellement ? Oh, seriez-vous assez aimable de me donner du feu ? Avec mon bras, ce n'est guère commode.

Il avait placé un fume-cigarette au coin de ses lèvres. Je grattai une allumette. Il souffla la fumée avec délectation. Je repris à voix basse :

– D'ailleurs, vous connaissez cet homme, je crois...

– Comment ? Moi ? Et de quelle façon ?

– Le premier soir, alors que nous venions de quitter Le Havre, je vous ai vu converser avec lui sur le pont. Rappelez-vous : un homme en pull-over, assez jeune, le visage grêlé...

– C'est possible, je demande du feu à tant de gens ! Voyez-vous ça ! J'ai parlé à l'assassin... Vous me donnez froid dans le dos.

– Il appartenait à un groupe terroriste nommé l'Écharpe Noire. Je suppose que celle que l'on a retrouvée, nouée sur le bastingage, à l'endroit du drame, était une sorte de message, ou de signature... N'est-ce pas votre avis ?

– Vous êtes brillant, jeune homme, apprécia l'officier. Et je m'en veux beaucoup de ne pas vous avoir estimé à votre juste valeur.

Je ramassai ma veste et pris le chemin de la sortie. J'étais en nage, et cependant, je me sentais glacé jusqu'à la moelle des os. J'avais déjà franchi le seuil de la salle lorsqu'il me rappela soudain :

– Cette dernière botte, monsieur d'Entragues, vous l'aviez tenue secrète... C'était bien joué. Mais à présent, je la connais.

Songez que si nous nous rencontrions à l'avenir, vous pourriez courir de grands risques...

Je poursuivis ma route sans répondre. Jamais plus je n'entendis parler de lui.

# ÉPILOGUE

Ce fut presque à regret qu'en ce début d'après-midi, j'aperçus la presqu'île de Manhattan émerger de la brume. Notre imposant paquebot, sa mission accomplie, remontait majestueusement le fleuve Hudson, escorté par une flottille de bateaux-pompes qui festonnaient le ciel clair de geysers argentés. L'air était empli du son des sirènes. Le long des berges, des gens s'attroupaient pour nous saluer. Nous passâmes sous l'arche gigantesque du pont Verrazano. Notre voyage s'achevait. J'aurais dû en éprouver de la joie, du soulagement, que sais-je ? Au lieu de cela, je me sentais accablé. Malgré les drames, la tempête, le danger, n'avais-je pas vécu les quinze jours les plus exaltants, les plus intenses de ma jeune existence ?

J'aperçus Piotr Illytch Tchaïkovsky comme souvent posté à l'avant du navire. Il était seul, perdu dans la contemplation de ce nouveau monde qui semblait surgir d'un nuage.

– Bonjour...

Il se retourna vers moi. Un sourire éclaira son visage, masquant mal son anxiété.

– Mon cher d'Entragues... Nous touchons au but. En somme, cette traversée a passé bien vite. Un peu grâce à vous. L'inspecteur Buso reste sur sa faim. Les complices restent dans l'ombre, et quant au recueil de Pouchkine, il n'a pas été retrouvé. Sans parler de mon or. Croyez-vous que nous saurons un jour le fin mot de cette histoire ?

– J'en doute, dis-je.

Je sentis qu'il avait l'esprit ailleurs. Après tout, le cours normal de son existence allait reprendre sitôt qu'il aurait posé un pied sur la terre ferme. L'homme illustre, le musicien de génie serait avalé par la foule des admirateurs, des journalistes. Et puis il devait songer aux répétitions, aux concerts à venir, aux cérémonies officielles, à l'accueil du public.

Je réalisai soudain que nous ne nous reverrions sans doute jamais après cela. J'en éprouvais une certaine mélancolie. Mais ainsi vont les choses. Plus tard sans doute, je me souviendrais avec émotion de ces quelques jours passés en sa compagnie. Me vanterais-je de l'avoir bien connu, d'avoir percé le mystère qui entoure aujourd'hui encore sa personne ? Sans doute pas. À peine un voile s'était-il un instant soulevé devant moi.

– Viendrez-vous assister à mon concert d'inauguration au Carnegie Hall ? me demanda-t-il soudain. J'aimerais savoir que quelqu'un de ma connaissance se trouve parmi le public.

– Nous essaierons, si tout n'est pas déjà réservé.

– Si vous rencontrez le moindre problème, laissez-moi un message à mon hôtel. Je suis au Normandy, dans Broadway.

Il n'avait pas plus tôt achevé sa phrase que Dambreuil surgit, très agité.

– Ah, maestro, je vous trouve enfin. Êtes-vous au courant ? La rumeur à bord prétend qu'un terroriste a été arrêté et qu'il s'est suicidé ! Quelle histoire ! Dès notre arrivée, je téléphone à Paris. Je tiens un papier de première. Quelle aubaine ! D'ailleurs, je vais me décharger de cette enquête sur les Indiens. En revanche, je ne vous quitte plus d'une semelle. Je serai votre chroniqueur attitré durant votre tournée.

Tchaïkovsky leva les yeux au ciel.

– Écoutez, je vais vous faire une offre que vous ne pourrez refuser. Voilà...

Il entraîna le compositeur à l'écart et je n'entendis pas la suite. À notre arrivée, Tchaïkovsky descendit parmi les premiers, flanqué de Dambreuil. À peine s'il put esquisser un signe dans ma direction. Il fut aussitôt assailli par une meute de journalistes. Les photographes qui déclenchèrent leurs appareils à cet instant précis saisirent le portrait d'un homme à la mine farouche, les joues gonflées comme un crapaud-buffle, manifestement dépassé par les événements.

– Par ici, Piotr Illytch !

– Par là, monsieur Tchaïkovsky !

– Monsieur Tchaïkovsky ! Un sourire, je vous prie.

– Souriez, oui ! Avez-vous fait bon voyage ?

– Aimez-vous l'Amérique ?

– Que pensez-vous des Américains ?

Même s'il l'avait souhaité, le compositeur n'aurait pu placer un mot. Par chance, le comité d'accueil officiel vint à sa rencontre et l'aida à s'extirper de cette cohue. Je le vis disparaître en compagnie de messieurs élégamment vêtus. Un landau couvert patientait à l'entrée du port. Il fut poussé à l'intérieur et jamais plus je ne le revis.

Les réservations étaient déjà complètes

et ma tante et moi ne pûmes assister à ses concerts. Bien qu'il m'ait invité à le faire, je ne cherchai pas à le contacter, supposant qu'il était bien trop occupé pour se soucier de ce détail. Peut-être eus-je tort, je n'en sais rien. À ce que titrèrent les journaux qui rendirent compte de l'événement, l'inauguration du Carnegie Hall fut un triomphe absolu. Tchaïkovsky donna sa *Troisième Suite* pour orchestre et déclencha un véritable délire. Je n'ai toujours pas compris pourquoi il tenait ses capacités de chef en si piètre estime car de l'avis de tous, il était réellement doué et possédait un grand charisme auprès des musiciens.

Par la suite, je ne manquai jamais de m'informer sur sa carrière et la création de ses nouvelles œuvres. J'appris avec beaucoup de peine, deux ans après notre traversée, qu'il avait succombé à une épidémie de choléra qui sévissait en Russie, alors qu'il venait de donner la première de sa *Sixième Symphonie,* dite « Pathétique », celle-là même qu'il avait commencée à bord du *Bretagne* et qu'il dédia effectivement à son neveu Bob. Par la suite, des informations qui parvinrent en France firent état de rumeurs selon lesquelles il se serait sans doute suicidé. En apprenant cela, le souvenir de certaines paroles qu'il avait prononcées devant moi me revinrent avec une douloureuse acuité.

Il m'arrive souvent de penser à lui, et bien des fois, quand l'orage gronde au-dehors, je le revois comme lors de cette nuit de tempête, arc-bouté sur le clavier de son piano, semblant défier le Créateur en personne...

# POST-SCRIPTUM

L'auteur tient à préciser que cette histoire est inspirée de faits réels. Les sources proviennent principalement du carnet de voyage de Tchaïkovsky lui-même, qui accomplit effectivement une traversée Le Havre-New York au printemps 1891. Peu de temps après l'appareillage du *Bretagne,* un homme se jeta à la mer dans des circonstances troubles et laissa un message libellé tel que décrit dans ce récit.

La cabine de Tchaïkovsky fut cambriolée. Son or lui fut volé – 400 pièces d'or qu'il avait reçues lors de son dernier concert à Paris. Elles ne furent jamais retrouvées.

Un certain M. Buso faisait partie du voyage, qui se vanta de posséder beaucoup d'argent mais ne manquait pas une occasion d'en emprunter...

Tous les renseignements ou anecdotes relatifs à la personne, à la vie ou à l'entourage du compositeur sont scrupuleusement exacts – même son pseudonyme – de même que l'évocation de la situation politique de l'époque – en particulier les liens entretenus par les terroristes russes de la Volonté du Peuple avec l'Allemagne.

## L'AUTEUR

Michel Honaker est né en 1958 à Mont-de-Marsan dans les Landes. Très tôt, il consacre beaucoup d'efforts à détourner ses cahiers de classe du droit chemin en les truffant de textes ayant peu de rapports avec les équations ou la trigonométrie, auxquelles il vouera toujours une farouche aversion.
Avec un stylo oublié par un oncle vampire, il se lance dans le fantastique sulfureux et écrit une trentaine d'ouvrages consacrés au genre par des voies aussi détournées que le thriller ou la SF. À l'heure actuelle, ce dangereux maniaque d'opéra et de musique classique est activement recherché pour détournement de lecteurs sages.

COLLECTION
# Cascade

## CASCADE POLICIER

**AGATHE EN FLAGRANT DÉLIRE**
Sarah Cohen-Scali.

**À L'HEURE DES CHIENS**
Évelyne Brisou-Pellen.

**ALLÔ ! ICI LE TUEUR**
Jay Bennett.

**ASSASSIN À DESSEIN**
Claire Mazard.

**L'ASSASSIN CRÈVE L'ÉCRAN**
Michel Grimaud.

**L'ASSASSIN EST UN FANTÔME**
François Charles.

**BASKET BALLE**
Guy Jimenes.

**LE CADAVRE RENVOIE L'ASCENSEUR**
Hervé Fontanières.

**CENT VINGT MINUTES POUR MOURIR**
Michel Amelin.

**CHAPEAU LES TUEURS !**
Michel Grimaud.

**LE CHAUVE ÉTAIT DE MÈCHE**
Roger Judenne.

**COUPABLE D'ÊTRE INNOCENT**
Amélie Cantin.

**COUP DE BLUES POUR DAN MARTIN**
Lorris Murail.

**COUPS DE THÉÂTRE**
Christian Grenier.

**DES CRIMES COMME CI COMME CHAT**
Jean-Paul Nozière.

**CROISIÈRE EN MEURTRE MAJEUR**
Michel Honaker.

**DAN MARTIN DÉTECTIVE**
Lorris Murail.

**DAN MARTIN FAIT SON CINÉMA**
Lorris Murail.

**DANS LA GUEULE DU LOUP**
Boileau-Narcejac.

**LE DÉMON DE SAN MARCO**
Michel Honaker.

**LE DÉTECTIVE DE MINUIT**
Jean Alessandrini.

**DRAME DE CŒUR**
Yves-Marie Clément.

**DRÔLES DE VACANCES POUR L'INSPECTEUR**
Michel Grimaud.

**L'ENFER DU SAMEDI SOIR**
Stéphane Daniel.

**HARLEM BLUES**
Walter Dean Myers.

**L'HÔTEL MAUDIT**
Alain Surget.

**L'IMPASSE DU CRIME**
Jay Bennett.

**L'INCONNUE DE LA SEINE**
Sarah Cohen-Scali.

**LE LABYRINTHE DES CAUCHEMARS**
Jean Alessandrini.

**LA MALÉDICTION DE CHÉOPS**
Jean Alessandrini.

**MENSONGE MORTEL**
Stéphane Daniel.

**LE MYSTÈRE CARLA**
Gérard Moncomble.

**NE TE RETOURNE PAS**
Lois Duncan.

**L'OMBRE DE LA PIEUVRE**
Huguette Pérol.

COLLECTION

# Cascade

## CASCADE POLICIER

**OMBRES NOIRES POUR NOËL ROUGE**
Sarah Cohen-Scali.

**ON NE BADINE PAS AVEC LES TUEURS**
Catherine Missonnier.

**L'ORDINATUEUR**
Christian Grenier.

**PAS DE QUOI RIRE !**
Jean Alessandrini.

**PIÈGES ET SORTILÈGES**
Catherine Missonnier.

**POURSUITE FATALE**
Andrew Taylor.

**QUI A TUÉ ARIANE ?**
Yves-Marie Clément.

**RÈGLEMENT DE COMPTES EN MORTE-SAISON**
Michel Grimaud.

**SIGNÉ VENDREDI 13**
Paul Thiès.

**LA SORCIÈRE DE MIDI**
Michel Honaker.

**SOUVIENS-TOI DE TITUS**
Jean-Paul Nozière.

**UN TUEUR À LA FENÊTRE**
Stéphane Daniel.

**LE TUEUR MÈNE LE BAL**
Hervé Fontanières.

**LE VAMPIRE CONTRE-ATTAQUE**
Hervé Fontanières.

**LES VISITEURS D'OUTRE-TOMBE**
Stéphane Daniel.

**LES VOLEURS DE SECRETS**
Olivier Lécrivain.

## CASCADE POLICIER – LE COMMANDEUR

**LE CACHOT DE L'ENFER**
Michel Honaker.

**LE CHANT DE LA REINE FROIDE**
Michel Honaker.

**LA CRÉATURE DU NÉANT**
Michel Honaker.

**LE GRAND MAÎTRE DES MÉMOIRES**
Michel Honaker.

**MAGIE NOIRE DANS LE BRONX**
Michel Honaker.

**LES MORSURES DU PASSÉ**
Michel Honaker.

**LES OMBRES DU DESTIN**
Michel Honaker.

**RENDEZ-VOUS À APOCALYPSE**
Michel Honaker.

**LE SORTILÈGE DE LA DAME BLANCHE**
Michel Honaker.

**TERMINUS : VAMPIRE CITY**
Michel Honaker.

Achevé d'imprimer en octobre 1998
sur les presses de l'Imprimerie Hérissey
à Évreux (Eure )
Dépôt légal : octobre 1998
N° d'édition : 3178
N° d'imprimeur : 81877